第二部（承前）

スティーヴン・コンコリー/著
熊谷千寿/訳

救出(下)
The Rescue

扶桑社ミステリー
1664

救出（下）

登場人物

ライアン・デッカー ————元海兵隊員。人質救出を専門とするワールド・リカバリー・グループ(WRG)の創設者

ハーロウ・マッケンジー ————私立探偵

ソフィー ————ハーロウの親友かつ同僚

ケイティ ————ハーロウのアシスタント

ジョシュア・ケラー ————ハーロウの機密情報隔離(SCIF)チームスタッフ

ブラッド・ピアース————WRGの主要メンバー。戦術作戦チーム幹部

マーガレット・スティール ————上院議員

メガン・スティール————マーガレットの娘

ジョーゼフ・リーヴズ ————FBI特別捜査管理官

マット・キンケイド ————FBI特別捜査官。リーヴズの部下

ジェイコブ・ハーコート ————軍事請負会社イージス・グローバルCEO

ジェラルド・フリスト ————上院議員

ヴィクトル・ペンキン ————ロサンゼルスにおけるロシアン・マフィアの顔役

ガンサー・ロス ————CIA出身の傭兵

33

ガンサー・ロスは助手席のドアをあけ、暑い朝の陽射《ひざ》しに足を踏み出した。まだ午前八時だというのに、すでに灼熱《しゃくねつ》の一日になることがわかった。ガンサーは駐車場を横切り、ぽつんと建っている小さな倉庫に向かった。そこがこの地域の本部だった。グレンデールにあるその倉庫からなら、ガンサーの直接行動チームが、サン・フェルナンド・ヴァレーやロサンゼルス盆地など、必要とされる地域へ急行できる。

残念ながら、直接行動チームはこの二十四時間ほとんどずっと尻を寄せ合い、デッカーとその仲間——つい最近素性が明らかになったハーロウ・マッケンジー——がふたたび現れるのを待っている。アレス・アヴィエーションでニアミスしたあと、ふたりともマッケンジーの調査会社全体といっしょにほぼ完全に姿を消していた。マッケンジーやその会社のメンバーが所有している十余りの不動産を監視していた監視チームからは、どの場所においてもまるで動きはないとの報告が来ていた。

ガンサーはドアの横にあるキーパッドに六桁《けた》のコードを打ち込み、顔に向けられている監視カメラを見上げた。少ししてドアからかちりと音がした。ガンサーはエアコンの効いた吹き抜けのスペースに足を踏み入れ、ドアを閉めた。振り返ったときには、引き締まった体を完璧な服で包んだ男が近づいてきていた。ハーコートから受けとっていたファイルを読んでいたから、何者かはわかっていた。デレク・グリーン。新たなアシスタントだ。

「デレクだな」ガンサーはいい、手を差しだした。「きみは一推しの人材ということだった」

「ミスター・ロス、チームに加われて光栄です」

グリーンはタンパでの国内調査業務に携わっていて、最近になって兵器売買にまで手を伸ばしている人身売買ネットワークを追跡していたが、ハーコートに引き抜かれたのだった。

「作戦の概要についてはわかってるか?」ガンサーは訊《き》いた。

「はい。ライアン・デッカーを探し出し、無力化する。ハーロウ・マッケンジーによるこちらの損害と露出の状況を見極め、必要なら封じ込める。わかりやすい任務です——ふたりを見つけることさえできれば。ただし、かなりつかまえにくいとか」

ガンサーはグリーンのものいいを気に入った。すべきことをしっかり把握《はあく》していて、電話でハーコートがいっていたが、実行するにあたってはまったく躊躇《ちゅうちょ》しない。前任のアシスタントについては、そこが失敗だった。わかりやすい任務だと思って、現場でリーダーシップをとれる人材から非の打ち所のない期待の星にやらせてみたのだが。数時間の実戦により〝国家安全保障への脅威〟の暗殺という結果を出すだけでよかった。楽な仕事だ。無税のボーナスがたんまりもらえる仕事。倫理観などを持ち出して、まちがった方向——その人の考えかたしだいでは、正しい方向になるが——を指さしている時間も余地もなかった。当然、作戦が内側から崩壊するとは思うはずもなかった——まして、彼の指令や判断に部下が疑問を抱くなど。二度と同じまちがいを犯すつもりはない。

「ああ、やたらつかまりにくい」ガンサーはいった。「つねにわれわれの何歩か先を行っているしな」

「法執行機関による最新の報告によれば、彼らはことごとく追っ手から逃げてきたとか。昨晩はFBIまでが、デッカーのみならずマッケンジーの仲間をすべて見失っています。一時間もかからず、全員が姿を消したそうです」

「昨日、FBIはデッカーを見つけたのか？」ガンサーはいい、前方に並ぶフラットスクリーン・モニターの列に歩いていった。

「すぐにまた見失ったようですが」グリーンがいい、ガンサーのあとについていった。「デッカーとマッケンジーが乗っていたと思われる車両を、非公表のある場所からロサンゼルス空港まで追跡したものの、なぜか途中でデッカーを見失ったとのこと。空港に着いてからも、助手席の者が陽動している隙《すき》に、マッケンジーが姿を消したそうです」

「マッケンジーのグループはできる」ガンサーはいった。「それは認める」

ガンサーは指令センターの主任情報アナリストのロバート・クーパーのすぐうしろについた。

「おはよう、ボブ」

「おはようございます」クーパーがいった。「ロサンゼルスでわれわれが得た情報についてはミスター・グリーンに聞いたようですね」

「ああ。ＦＢＩが追跡していたとき、デッカーがどこに隠れていたのか見当はつくか？」

「いいえ」クーパーがいった。「ロシア組織犯罪対策班に直接の情報提供者はいないので。この情報はロサンゼルス空港警察《LAXPD》から得たものです」

「リーヴズ特別捜査官の名前は出たのか？」

リーヴズは、デッカーとワールド・リカバリー・グループをつぶす際に役立った。デッカーがスティール上院議員の娘の居場所を探りあてるというなんとも残念な奇跡を起こしてくれたばかりに面倒なことになったとき、意外にも使える駒《こま》として働いてくれた。リーヴズとデッカーはかつてロサンゼルスで衝突《しょうとつ》していたから、ガンサーにしてみれば、このうえなくやりやすかった。

デッカーによるメガン・スティール捜索についてＦＢＩに段階的に情報を漏《も》らし、その結果ＦＢＩは、デッカーが指令センターを置いていたへメットのモーテルを完璧なタイミングで襲撃した。やはり同じタイミングで起きた爆発により、メガンを含む十五人の子供たちが吹き飛ばされ、デッカーは世間の怒りをほぼ一身で受け止めることになった。さらに重要なことに、スティール上院議員の怒りも、ロシア人ではなく、わかりやすい社会の敵に向いた。おかげでガンサーは、スティールの娘の拉致《らち》とイージスとのつながりを永遠に絶つ時間を稼《かせ》ぐことができた。

見たところ、怒りの矛先はうまくそれたようだ。拉致とその後の爆発をロシア人に直接結びつける証拠がなかったため、ＦＢＩはデッカーに矛先を向けた。だれかがへメットの大惨事の代償を払わなければならず、デッカーが都合のよい標的となった。

唯一の標的――計画どおり。

「リーヴズ特別捜査管理官ですが」クーパーがいった。「空港にいたということです」

「どうも気に入らんな」ガンサーはいった。

「私もです」クーパーがいった。「FBIがマッケンジーのグループに関係する多くのアパートメントを監視していることはわかっています。それとは別に、リーヴスが個人的に目をつけているようです」

「うちの人間は撤収させたか？　いまFBIの注意を惹《ひ》くのはまずい」

「撤収済みです」

「FBIやリーヴズへの対抗監視をしているのは？」ガンサーはいった。「マッケンジーのところの人間か？」

「いいえ。いくつか異なる組織の私立探偵です」クーパーがいった。「彼女とのつながりは見つかっていません」

「そのうちのひとりをつかまえてみる価値はありそうか？　なにを知っているのかたしかめるために」

クーパーが首を振った。「マッケンジーは最初からきわめて慎重でした。われわれに有用な情報を提供してくれるような者を使うとは思えません」

「だろうな」ガンサーはそういってグリーンのほうを振り返った。「きみはどう思う?」

グリーンも首を振った。「私なら、身をひそめてほとぼりが冷めるのを待つか――国を離れます。いまやあのふたりは各所の〝くそったれリスト〟に載ってるわけですから。私たち、FBI、そしておそらくはブラトヴァのリストに。強敵がその辺をうろついている」

「だが、ここは大都市だ」ガンサーはいった。

「無数の防犯カメラと顔認証のソフトウェアをリンクさせたら、大都市もかなり狭くなります」グリーンがいった。

「そういった危険については、ミズ・マッケンジーもきっとよくわかっています」クーパーがいった。

「デッカーはなにかを追っている」ガンサーはいった。「それほど長くレーダーから外れていることはないだろう」

「お知らせするのは気が進まないんですが」クーパーがいった。「ダークネットで手に入れられるプライバシー・アプリを使えば、マッケンジーも防犯カメラ・ゾーンを避けることができます」

「すると、現状では、向こうがミスを犯すかどうかしだいですね」グリーンがいった。「積極策とはとてもいえませんが」

「しょっぱなからこれまで、こっちは積極策などほとんどとっていない」ガンサーはいった。

「そろそろいい知らせもお聞かせしたほうがよさそうだ」クーパーがいい、肩越しに笑みを向けた。

「いい知らせがあるのか？」ガンサーはいった。

「たしかなことはいえないんですが」――クーパーがマウスを何度かクリックした――「いただいた情報を精査したところ、逃げおおせた唯一の人間を見つけたかもしれません」

ガンサーは、もうひとつのイージスの情報分析チームが掘り起こしたものを超える情報を、クーパーのチームが見つけるとは思っていなかった。ワールド・リカバリー・グループの主要メンバーのなかで、死を免れたのがデッカーだけではなかったとわかったときには驚いたが、ハーコートにもらったファイルを見たかぎりでは、その情報をたどっても壁にぶつかるだけだと思っていた。手がかりは二年近くまえのもので、すでに徹底調査されていた。

「冗談だよな」ガンサーはいった。「冗談だろ?」

「冗談じゃありません。たぶん」クーパーがいった。

「〝たぶん〟なら興奮できんな」

「これならどうです?」またマウスをクリックする。

目のまえの大画面に、見たことのある衛星地図が表示された。

「それは——二万六千平方キロメートルの土地か?」ガンサーはいった。

「三万八千です」クーパーは田舎道《いなかみち》の幅が広くなっているところを拡大した。その画像はすでに精査したはずだが。

「やはりだだっ広い土地にしか見えんな」

「記録ファイルによると、現地調査チームもそう報告しています。なにもないところだと。しかし、調査チームは古いデータにもとづいて調査していました」クーパーがまた画面を切り替えた。

「やはり同じようだが」

「ちょっと待ってください」クーパーがいった。「これにはちょっとわけがあって」

「結論からいってくれ」

「わかりました」クーパーがいった。「麻薬取締局《DEA》がこの地域で移動式衛星通信傍受ステーションを展開していました。最盛期には、この人里離れた不毛な土地から、わが国に流通するメタンフェタミンの二十パーセント近くが供給されていました。DEAは傍受基地によって何千という衛星通信を傍受しました。ほとんどはたわいない内容でしたが、一件の通話が注意を惹き、国家安全保障局《NSA》との取り決めに応じてイージスに転送されました」

「調査チームはなにも見つけられずに戻ってきたぞ」ガンサーはいった。

「道路からあまりはずれなかったからです。彼はメキシコに向かう途中で発信したのではないかと考えられました。ところが、衛星画像を見ると、調査チームが見たとおりでした。不毛の土地が広がっているだけ」クーパーがことばを止め、ガンサーに目を戻した。

「しかし?」

「しかし、つい最近の衛星画像によって、通信傍受ポイントから八キロほど北に、一風変わったものがあることがわかりました。ファイルでは、未確認の現場状況となっているところです。見てください」クーパーが地上画像を拡大した。

ガンサーはその画像に目を凝らした。「くそ。こんなところにあったとはな」彼はいった。

「それに、ほぼ見えません。なにを探しているかはっきりわかっていないと」クーパーがいった。「私の考えているとおりのものだとすれば、見事としかいいようがない。二次元画像では見分けにくい。しかし、だからこそ現地調査チームは見逃したのです」

「チームを引き連れて確認してくることもできますが」グリーンがいった。

ガンサーはしばらく考えをめぐらした。このやり残しに片をつけたいのは山々だが、いまは気を散らす余裕はない。デッカーが使える資源《リソーシズ》を考えれば、こうした手がかりをつなぎ合わせることなどできないだろう。とはいえ、この四十八時間のあいだに、デッカーと彼の新しい仲間が思いのほか資源に恵まれていることもわかった。向こうの情報がきわめて正確であるだけでなく、これまでのところ、こちらのすべての動きを正確に予測しているようにも思える。グリーンを送るのは悪い考えではないかもしれない。ひょっとすると、デッカーが現れるかもしれないし。

「別のチームを現地できみに合流させよう」ガンサーはいった。「この種の作戦によりふさわしい装備のチームを。ああいうところだから、忍び寄ることなどできない——それに、この男も一筋縄では行かない」

「その手の男はだいたいそうです」グリーンがいった。

「そいつを始末するまえに、少なくとも七十二時間は遠くから監視してもらいたい。

デッカーがまたロサンゼルスであの醜《みにく》い頭をもたげたら話は変わるが」ガンサーはいった。「万にひとつでも、デッカーがこのことを知る可能性があるなら、デッカーに動く時間を与えたい。あのふたりを同時に無力化すれば、おれのボスは大いにご満悦《まんえつ》になる。そして、おれたち全員にいいことがある」

「いいことというと?」クーパーがいった。

「六桁のいいことだ」ガンサーはいった。作戦が失敗に終わったら、どんな悪いことが待っているかについては、わざといわないでおくことにした。

34

デッカーはかなり荒廃した商店街に数時間いたあと、モーテルの駐車場に戻ったが、ここの荒れ具合にはたじろがずにいられなかった。どうやら、アッキー・アス・モーテルを超えるひどさはなさそうだ。部屋のまえに車を停《と》めたあと、しばらくそのままおりずに場所を換えることを本気で考えた。脂《あぶら》で汚れたダイナーで鉄板の焦《こ》げた煙たい空気を吸ってきたにもかかわらず、部屋のにおいはまだ鼻腔《びくう》にまとわりついていた。

デッカーはしぶしぶSUVからおりた。今朝手に入れてきた大量の日用品や道具をおろすまえに、部屋を確認するつもりだった。このモーテルの建物はありふれて人目を引くようなものではないが、デッカー自身はちがう。ここではひどく目立ち、まずいたぐいの宿泊客数人から好奇の目を向けられていた。モーテルのスタッフはいうにおよばず。もっとも、スタッフといっても、おそらくはオーナーひとりだが、まちがいなく全部屋の合鍵を持っている。買い物に出かけたとき、部屋になにひとつ置いていかなかった理由としては、それだけで充分だった。人生を丸ごとSUVに入れてロックしておいた。

デッカーがデッドボルトを半分まわしたところで、ふたつ離れた部屋のドアがあき、黄色がかった白いボクサーショーツ姿の男が出てきた。ショーツの黄色がしみなのか、元の色なのかは判別がつかず、最終的な判断を下すまでじっくり見ているつもりもなかった。男の腹はボクサーショーツのまえに垂れ下がっており、デッカーのほうを振り向くと、横揺れして、また垂れ下がった。右手に持った煙草《たばこ》が燃えつきようとしており、男はそれを、張り出しを支える穴だらけの太いコンクリートの柱でもみ消した。

「よう、お仲間」男はいい、もう一方の手に持ったビールのロング缶を持ち上げた。「また出かけるのか？　おれの車は完全に逝《い》っちまった。テーブルに席をとったってのに。ディーラーがちょっとうまいことやってくれることになってるから、なるだけ急いで行かないと。そんなことを考えていたんだが。なあ」

デッカーはしばらく男を注視していた。最初に感じた嫌悪は多少薄れ、このしょうもない話に少しだけ付き合う気になった。明らかに、男はどん底にいる。それがどんなところか、デッカーはだれよりもよく知っている。

「今日はいつ出かけるか、わからない。おれだけの都合で動いているわけではないからな」デッカーはいった。「だが、多少のタクシー代ぐらいは出してやってもいい。どこまで行けばいいんだ?」

「大通り《ストリップ》まで。古い方のストリップだ」男はいい、口に煙草をくわえて、デッカーのほうに何歩か足を踏み出した。「秘密の賭場《とば》にいれてもらえる。でかいカネが動く。確実に儲《もう》かる。おれは何年もやってる。今日はディーラーががっぽり稼がせてくれる。ひとくち乗せてやってもいいんだが」

「いや、結構だ。ありがたいが」

「現場に行かなくても大丈夫だぜ」男はいい、くわえていた煙草を離してビールのロング缶を口につけた。「テーブルをおさえてるんだ。カネをあずけてくれれば、二倍になる。もしかしたら、三倍かもな」

「ギャンブルはあまり好きじゃない」デッカーはそういって財布を出そうとした。

「古いストリップまで往復でいくらだ?」

「もっといい考えがある。おれはうんと急いで着替えてくる」男がいった。「カードゲームを自分の目で見て考えればいい。大金を賭《か》ける〝クジラ〟が入ると、賭け金が跳ね上がる。そこで、仲間のディーラーが細工してくれる。あんたも儲かるようにしてくれるって」

生死にかかわる場合でないかぎり、今後二十四時間、自分自身をのぞいて、だれとも話をしないと心に誓った。こいつはやたらしつこい――しかも、すっかり酔っぱらっている。午前中に新しいホテルに移ろう。そうでもしないと、この男は一日中ドアのまえから離れず、例の一生に一度のチャンスがどうのとしゃべりまくるだろう。

「悪いな。会社から電話があるまでこの部屋を離れられない。タクシー代なら払ってやる」デッカーはいった。「往復でいくらだ?」

男はさらに何歩か近づいた。体臭がデッカーの鼻に届いた。

「五十ドルあれば足りるな」

フレモント・ストリートから数キロも走れば、ラスヴェガスのダウンタウンにある古いストリップに着けることは知っていたが、この男と値段交渉をするつもりはなかった。今日一日この男の顔がどこかへ行ってくれるなら、払う価値はある。デッカーは二十ドル札を三枚財布からとり出して男に差しだした。

「六十でどうだ?」デッカーはいい、精一杯の作り笑いを浮かべた。

男はわざとらしく顔をしかめ、同時にため息をついた。「すごい。ほんと太っ腹だな」男がいった。「だが、ちょっと打ち明けたいことがあるんだが」

〝くそっ〟。荒れたラスヴェガスのモーテルによくある罠《わな》に落ちてしまったか。この男はアッキー・アス・モーテルに巣食うトダテグモで、巣のそばを通る獲物を一日中待ちかまえているのだ。

「実はさ、あのテーブルの席を買わなきゃならないんだが、それが安くない。ポケットのカネを全部出さないといけねえ」男がいった。「しかも、くされATMにカードを飲まれてしまった。まじめな話さ。昨日はここまで戻ってくるのもやっとだった。テーブルに置くカネがないなら、タクシーで賭場へ行ってもしかたない。戻ったらすぐに、利子をつけて返すからさ。おれの部屋には、現金を運ぶブリーフケースまであるんだ。たんまり儲かる」

「くれてやれるのは六十ドルだけだ」デッカーはいった。「まじめな話だ。おれは仕事で来ている」

「ここでか?」男がいった。懇願《こんがん》するような態度はきれいに消えていた。「どんな仕事だ?」

「知ったことか」デッカーはいい、シャツを少しだけたくしあげ、秘匿携帯用《コンシールド》ホルスターをちらりと見せた。

「でかい仕事のようだな」男がいった。「面倒はごめんだ」

「六十ドルは要らないのか？」

男は股間《こかん》をかき、ロング缶をあおった。「要るかな」

デッカーはカネをできるだけ遠くへ放り、ＳＵＶに戻ると、男が拾い終わるまえに、できるだけ急いでモーテルの駐車場から車を出した。右に曲がってフレモント・ストリートに出ると、ダウンタウンに近づけば、ホテルの質もましになるだろうと思い、古いストリップへ向かった。

車を出して数分後、衛星電話が鳴った。デッカーはハーロウの声が聞きたくて、助手席に置いていた電話をひっつかんだ。

「もしもし？」

「それだけ？」ハーロウの声はどこまでも耳に心地よかった。「気の利いたホテル評が聞けると思っていたけど。ケイティがいうには、ふたつとないホテルだそうだから」

「あれをホテルといっていたのか？」

ハーロウは笑った。

「おもしろいものだな」デッカーはいった。「ちょうど新しい……ホテルに向かってる」

「場所を移す必要はないわ」ハーロウがいった。「そろそろ――」

「いや、必要はある」デッカーは近くの部屋の男との遭遇《そうぐう》について手短に説明した。

「いいか、あそこを出なければ、あの男にいつまでもしつこくつきまとわれる――」

「そろそろモーテルをチェックアウトしてもらうといいかけたの。ちょっとした情報がつかめたかもしれない」ハーロウはいった。「でも、お友だちができたなんて、すごいじゃない」

「なおさらおもしろい」デッカーはいった。「なにをつかんだ?」

「古傷がひらかないように伝えられるかどうか自信がない」

「まだふさがってもいない」デッカーはいった。「かまわずいってくれ」

「ブラッド・ピアースがFBIと取り引きをしていたと考えている」

「ピアース? やつはアイダホで家族といっしょに殺された。連邦検事局にいくつか罪を着せられて一年の刑期を終えたあとで」

「ピアース一家はアイダホで失踪したのよ。死体は見つかっていない。それに、連邦刑務所局のシステムにも、メトロポリタン拘留《こうりゅう》センターで短期間拘留されたこと以外、なんの記録も残っていない。拘留期間は二週間足らずだった。釈放《しゃくほう》後すみやかに姿を消せるほどの情報をFBIに流したんだと思う。彼はワールド・リカバリー・

グループ関係の公判で証言台に立つこともなかった」

デッカーは信じたくなかった。ブラッドは十年以上も弟のような存在だった。ともにCIAで働いたあと、ワールド・リカバリー・グループを立ち上げ、政府の雇われ調査機関だった同社を世界的なVIP救出企業へと成長させた。デッカーはヘメットの大惨事《さんじ》に関して、ピアースがなるべく矢面《やおもて》に立たされないように、非難と法的責任の大部分をわが身に引き受けた。FBIにモーテルから連行されて以来、ピアースとは会ったことも話したこともなかった。

ピアースの家族は、妻がぎりぎりで子供たちをアウターバンクスの別荘に連れていくことにしたおかげで、あの運命の夜を奇跡的に生き延びた。ピアースのアナポリスの自宅に設置されていた防犯カメラの映像では、家族を殺すために送り込まれた暗殺者たちが、二時間の差で仕事を果たせなかった。

「ピアースの釈放に関して、急いでメディア分析をした」ハーロウはいった。「中小のインターネット・ニュースサイトへの掲載という形で、二十余りのリードが全米各地で同時に配信され、そこから広がっていった。広告代理店が記事をバズらせたいときに使う戦略に酷似している」

デッカーはそれが暗示するものが気に入らなかった。アナポリスの自宅でのニアミスは、運がよかっただけではないのかもしれない。

「ピアースがおれを裏切るとは信じられない」

「裁判所の記録に目を通し、メディアの分析もすべて聞いた。連邦検事局については驚くことはなにもなかった」ハーロウはいった。「つまり、ピアースがどうやってあなたをＦＢＩに売ったりできたのか、わからないということ」

「ＦＢＩに逮捕されたあとはあり得ない」デッカーはいった。怒りで顔が熱くなっていた。「そのままだ」

「どうやって――いいえ、なぜ――ピアースがそんなことをしたのかが、わからないわ」

「おれにもわからないが、ＦＢＩに情報を流していたやつがいるのはたしかだ。おれのチームがブラトヴァの家を襲撃したちょうどそのとき、ＦＢＩがおれたちのいるところへ来た。それは偶然ではない。ロシア人が監視されていることを事前に察知して、おれをはめたというのならわかるが、こちらの襲撃と同時にリーヴズがヘメットのモーテルに現れたことは、ずっとおかしいと思っていた。襲撃にいたるまでの情報をリアルタイムで得ていなければ無理だ。ピアースは二重スパイのようなことをしていたのかもしれない。ロシア人とも通じていて、自分の――そして家族の――身を守るために情報を流したのかもしれない。きみの当初の推理が正しければ、ピアースは無傷で逃れた唯一のWRGのメンバーということになる」

「イージスか、緊密な関係の子会社があの家の上空にドローンを飛ばしていた」ハーロウはいった。「この事件には表に見えていないことがある」

「それを知る方法はひとつしかない。ブラッド・ピアースを探し出す」

「どうやって見つけたらいいか、わからないわ」ハーロウがいった。「ピアースに関する情報はなにも見つからなかった。メトロポリタン拘留センターを出た瞬間に完全に姿を消してしまった。一度もレーダーに引っかかっていない。わかっていることといえば、メディアが妙なタイミングで釈放に関する大宣伝を行ったことと、アイダホで殺害されたように見せかけたことだけ。ただし、メディアの大宣伝は、何カ月もまえにあらかじめ計画されたものかもしれない」

「どこを探せばいいのかは知っている」デッカーはいった。

「ほんとうに？」

「おれが考えているところにいなければ、あいつはもうこの世にいない——そうなったら、一からやり直しだ」

「やってみても害はないわね」

「いや、あたったら、ひどいことになる。とくにピアースのような男相手だと」デッカーはいった。「おとなしく降参するやつじゃない」

「バックアップが必要?」ハーロウがいった。「たしかなチームを雇って支援させることもできるけど」

「いや。これはひとりでやらないといけない」

「英雄を気取ってる場合じゃないわよ」ハーロウがいった。「あなたの伎倆《ぎりよう》を疑ってるわけじゃないけど」

「英雄を気取るつもりはない。戦術的に進める。あそこは周囲から隔絶《かくぜつ》されている。感づかれないようにやるには、何キロも離れたところから、徒歩で近づくしかない」

「バックアップ・チームをヘリコプターに乗せて、事態が悪化したら、急行できる位置に待機させておくこともできるけど」

「そんな申し出を断るのはばかだろうな」

「ええ。そうね」

「ヘリコプターとチームの準備にどのぐらいかかる?」

「まともにやろうとするなら――三十六から四十八時間」ハーロウはいった。「場所にもよるけど」

「ひどく辺鄙《へんぴ》なところだ。コロラド州のアギラールという地名を聞いたことがあるか？」

「ない」

「ラドロウは？」

「ごめんなさい」彼女がいった。

「無理もない」デッカーはいった。「ラドロウはゴーストタウンだ。アギラールについては、運転中にまばたきしたら、通りすぎてしまうようなところだ。サングレ・デ・クリスト山脈の東のふもとにある。ものすごくきれいな土地だが、見るものはあまりない」

「姿を消したいなら、ぴったりね」

「あるいは、覆い隠されたいなら」デッカーはいった。「アギラールの西のふもとの最新の衛星画像を手に入れてもらう必要がある。なるべく詳細な画像を。夜泊まるところが決まったら、コンピュータを用意しておく」

「情報をまとめて、バックアップ・チームの手配をはじめる」ハーロウがいった。

「このまま向かうつもり？」

「まず地図を確認する必要があるが、夜遅くまで車を走らせないと、おそらく目的地に着かない」

「州間高速道路《インターステート》四十号線を使うなら、アルバカーキまで十二時間半よ。それで、インターステート二十五号線で北へ向かう」

「そのとおりだ。アギラールまでは二十五時間」デッカーはいった。ほこりっぽい小さな町がぼんやりと脳裏に浮かんだ。「日が沈んだら、どこかに泊まることにする――それなりのモーテルに」

「まだ昨日の晩のことを根に持っているの？」

「まだ昨日の晩のにおいがするんだ」デッカーはいった。「きみときみの仲間は、あれからどうしている？」

「変わったことはあまりない。とても安全な場所に機密情報隔離《SCIF》チームといっしょに隠れて、街なかでひとやすみできたらと思ってる」ハーロウはいった。「ガンサー・ロスの手下が現れるかもしれないと思って、外部の人間を雇ってパートナーたちのアパートメントを見張らせている」

「あの男には気をつけろ」デッカーはいった。「狡猾《こうかつ》で残酷だ。本物のサイコパスだ。いくら強調しても足りないが、あの男を甘く見るな」

「わかったわよ。その監視チームのことは、安全器《カットアウト》（秘密活動の要員間の接触を秘匿するための第三者を使う仕組み）を介して雇っているから、わたしたちに結びつけられることはない」

「ハーロウ、この世でおれが恐怖を感じる連中はとても少ない。だが、ガンサー・ロスはそのひとりだ」

「気をつける。あなたも気をつけて。メールのアドレスを送っておく。コンピュータを立ち上げたら、すぐにメールを送って。安全なサイトにつなげて書類を共有できるようにするから」

「助かるよ」デッカーはいった。「数時間したら連絡する。そのまえになにか大事が起こったら連絡してくれ。イージスとＦＢＩがおれたちの行方を追っているあいだは、波風は立たないとは思うが。リーヴズも甘く見るな。あいつは高性能の監視装置を好きに使える」

35

リーヴズは、ロサンゼルス合同地域情報センター《JRIC》の保安検査ロビーで辛抱強く立ち、ほぼ透明の防弾ガラス製ブースにいる警備員が身許《みもと》を確認するのを待っていた。彼にはＪＲＩＣのどこへでも制限なく入る権限があるものの、ビルに足を踏み入れるたびにこの身許確認を受けなければならなかった。

「リーヴズ特別捜査管理官、スキャナーに右手親指を置いてください」制服警官がいった。

彼はいわれたとおりに目の前のカウンターに置かれた指紋スキャナーに親指を押しつけた。数秒後、ＪＲＩＣの警備員がガラスの細いすきまから、彼のＦＢＩのバッジを返した。

「手続き完了です」礼儀正しく微笑《ほほえ》みながら、警備員がいった。

今日のスタートは幸先《さいさき》がいい。入館のための認証方法はシステムが任意で選択する。ひとつでは済まないこともあるし、全部求められることもある。幸運にも、リーヴズはひとつき以上もフルセットのセキュリティ・チェックを求められていなかった。網膜《もうまく》スキャン、複数の指紋、音声認識のフルセットの対象になると、まずまともに入館できない。あるときなど、十分間かけて声を出してもシステムが認識してくれず、管理官の許可を得ることになった。全員が顔認証で認証されたのちロビーへの入館が許可されるので、やりすぎのような気がする。

リーヴズはスーツの上着のポケットにバッジをしまってから、前方のゲートへ向かった。ガラスと鋼鉄製の頑丈な観音びらきのドアが内側へと動き、ガラスの小部屋へ入室を認められた。彼が完全にその小室へおさまると、警備員は彼の臨時IDカードとストラップ付きバッジホルダーを彼に押しつけてから、キンケイドに入れと合図した。

リーヴズは硬質プラスティックのIDカードをホルダーに差し込み、ストラップを首にかけた。防弾ガラスのドアを抜けるときに背後に目をやると、キンケイドが網膜スキャナーに右目をあてていた。今朝はキンケイドが特別待遇を受けないことを願った。すでに予定よりかなり遅れている。リーヴズはつぎの観音びらきのガラスドアの横にあるスキャナーにIDカードをかざし、ドアがひらくとJRIC内部へと進み続けた。少ししてキンケイドが合流した。

「近いうちに、服を脱がされて調べられる日が来そうですね」キンケイドがいった。

「その日が来たら、ここに来る苦役をきみひとりにまかせよう」

「異動願いを出しますよ」キンケイドはいった。「オマハへ」

「いまならオマハもそう悪くない」リーヴズはいった。「ペンキンの組織は膝下《ひざした》をばっさり切られたようなものだから、こっちの捜査は振り出しに戻ったも同然だ」

「切られたのは首でしょうね」

「たしかに。この混乱状態で唯一いいのは、いくらロシア人でも、突然なくなった首をすげ替えるまでに二、三週間かかることだ。こっちはそのあいだにデッカーを探し出す」

「デッカーの捜索については、あまり期待できませんよ」キンケイドがいった。「マッケンジーも。彼女のチーム全員が一瞬で消えたのですから」

「弁護士だけは消えていない」

「あの弁護士は決まった手順を逸脱するとは思えません」キンケイドがいった。「あれほど有能だと期待薄です」

リーヴズに異論はなかった。昨夜、目の前でデッカーを見失ったあと、丸刈りと弁護士は空港を出て三分で追っ手をまいた。あのふたりはセンチュリー・ブルヴァードをはずれてロサンゼルス・エアポート・マリオット横のスナグ・ア・スペースの駐車場に入り、そこで消えた。遠方からでも対象車を容易に追跡できるうえ、そうすぐに妙なことはしないだろうと思っていたから、リーヴズは尾行車両を接近させなかったのだ。駐車場は一台の空きもなく埋まり、ウエスト九八丁目ストリート側の出口近くのスペースにきちんと駐《と》められた当該車両を発見した。彼女たちは、マッケンジーとデッカーが隠れ家を出るずっとまえから駐車してあった車に乗り換えたにちがいない。まんまと出し抜かれた。愉快な気分ではない。

「おれだって先方がへまをするとは思っていない」リーヴズはいった。「よって、テクノロジーに頼る」

「テクノロジーはお嫌いかと思ってましたが」

「うまく動かなかったり、おれの気に障《さわ》るように動くときには嫌いになる」リーヴズはいい、ドアをあけてＪＲＩＣの本館通路へ入っていった。

　彼はまっすぐ監視課へ向かった。そこへ行けばデッカーの捜索再開に向けて必要なものがすべてそろう。通路のなかほどで、二階建ての危機戦術作戦センター《CTOC》の入口を通りすぎた。テレビや映画で見るのとはちがい、ＣＴＯＣは一年三百六十五日、一日二十四時間休まずに監視データを精査し、犯罪者を追っているわけではない。ＣＴＯＣは、複数の機関や部局間の調整が必要となるテロ攻撃や市全体におよぶ大事件でのみ活動する。前回いつ、その広大な空間が使用されたのか、リーヴズには思い出せなかった。

ＪＲＩＣの日々の業務《マジック》の大半は、それよりもはるかに小さないくつかの部屋で部門別に行なわれていた。そうした部屋の半分以上を占めているのが監視課だ。彼はＪＲＩＣの統合センターに立ち寄って出勤の手続きをしてから、顔認証作戦を担当するチームのようすを見に行った。彼が入ったとき、眼鏡《めがね》をかけた女性とモニター越しに目が合った。

「アンジェラ」リーヴズはいった。

ふたりのあいだのモニターが邪魔にならないように、彼女は椅子《いす》を滑らせた。「これはお気に入りの特別捜査管理官殿」彼女がいった。「今日はなにをいたしましょうか？」

「どちらかといえば、まだ終わっていないことを話しに来た」

「やれやれ」彼女はいい、目玉をぐるりとまわした。「今朝の要請で終わると思ったわたしがばかだったわ」

「歴代でいちばんお気に入りの統合センター調整官に挨拶《あいさつ》しに立ち寄っただけ、ともいえるかもしれないが」

「わたしは初代かつ唯一の調整官よ」彼女は指摘した。

「それでも、さっきいったことに嘘《うそ》偽りはない」

「キンケイド特別捜査官」彼女がいった。「あなた、お気の毒ね」

「同感です」キンケイドがいった。

彼女とキンケイドが笑い合っているそばで、リーヴズは首を振った。「勤務成績に響くぞ、マット。上官軽視だ」

「さて、それじゃ」アンジェラがいい、座ったまま背筋を伸ばした。「気むずかしい管理官に減点されないうちに、仕事に取りかかりましょうか」そういうと、彼女は眼鏡をはずした。「そちらの要請をしかるべき課にまわしました。午後には一定の作業の流れができます。そして、遅くとも明朝までに、ご所望《しょもう》のデータが出はじめるでしょう。おそらく今夜のうちに送りはじめられる。とりあえず、このデータフィード専用のセキュア・ログイン情報を送る」

「すばらしい。感謝するよ、アンジェラ」

その言葉に偽りはなかった。今朝、彼女に山のような仕事を依頼した。この課の規模にとっては大仕事だった。昨夜の大失敗に終わった追跡劇によって手がかりを失ったため、最初からはじめるしかなかった。マッケンジーの仲間のアパートメントは、ほぼすべて部下に見張らせてあるが、キンケイドがいったように、彼女がそうした初歩的ミスを犯すことはまずない。さらに、四十八時間以内に、あるいはもっと早まるかもしれないが、現場の人員の大半をロシア人対策にまわさないとならなくなる。ソルンツェフスカヤ・ブラトヴァは彼の部門の第一目標だった。ロシア人組織の新指導部が誕生したら、デッカー探しは棚上げになる。

　三十六時間から四十八時間では、かすかな足跡を拾っている時間はないので、実行可能なすべての調査を依頼したのだ。ライアン・デッカーおよびマッケンジーの探偵事務所のメンバーについて手に入るすべてのデータを統合センターに提供した。アンジェラ麾下《きか》の分析官たちがそれを分解したり、拡大表示したりして、リアルタイムの受動的監視行動に設定するための捜索パラメーターを作成する。

　ＪＲＩＣで使われている顔認証ソフトウェアは、市街地のカメラフィード、警察車載カメラ、ロス市警《LAPD》のシステムに組み込まれた個人所有カメラのネットワークを検索する。それと同じソフトウェアが、何百万枚ものソーシャルメディアの写真を分析してパラメーターと一致するものを探す。車のナンバープレート用の判読ソフトウェアは、マッケンジーのグループと、顔の割れているその仲間や家族とひもづけられたナンバーを探し、姿を消す直前の所在地を特定する。パラメーターに関連づけられたクレジットカードと携帯電話も追跡される。彼は顔認証に賭けていた。だから、ソフトウェアを走らせるチームと話しておきたかった。

「どういたしまして」アンジェラはいった。「あなたは、この課をうろつかれても気にならない数少ない捜査官のひとりよ。キンケイドもね、たぶん」

「彼女は歳をとるとずうずうしくなるタイプだな」リーヴズはいった。

「わたしががたのきた五十二歳でなかったら、そんなことをいった罰《ばっ》としてたたき出してやるところよ」そういうと、彼女が立ち上がった。「さあ、こっちの気が変わらないうちに出ていって」

「どういう人なんです?」顔認証課までの通路を進みながら、キンケイドがいった。

「アンジェラとは古いつきあいだ。以前は支局のITグループをとりしきっていた」リーヴズはいった。「FBIのITシステム構築のパイオニアのひとりだ。三十代でUCLAを卒業した。コンピュータ・サイエンスの学士と修士号をもっている。LA支局が暗黒時代から抜け出せたのは彼女のおかげだといわれている。JRICは三年ほどまえに彼女をこっそり手に入れて統合センターを運営させた。ご機嫌をそこねるなよ」

「肝《きも》に銘じます」キンケイドはいった。「で、顔認証課のだれを頼るんです?」

「ニコラス・ワッツだ。ここしばらくは〝縁の下〟の仕事をしていた。距離改良型顔認証というやつだ」

キンケイドが肩をすくめた。

「ワッツに説明してもらう」リーヴズはいいながらドアをノックした。「彼が赤ん坊みたいにかわいがっているものだからな」

「市場にはまだ出てないんですか?」

「出てない。まだシステムの不備を修正中だが、そういう問題はあっても、おれたちの役には立つと思う」

ブザーが鳴ったあと、ドアが内側に数センチひらいた。リーヴズがドアを押しあけると、ワイドスクリーン・モニター四台が置かれた広々したデスクのうしろに、カーキ色のパンツと赤いポロシャツ姿の瘦《や》せた中年男の姿が見えた。

「来ると思っていたよ」ワッツがいった。

「そうか?」リーヴズはいった。

「正面玄関からこのドアまでずっと見ていた」

か？」

「まあね。ウザい人物監視リストにな」ワッツはいって、高級そうなオフィスチェアにそっくり返った。「あの依頼が私の部門に届いたときに、あんたの顔にフラグを立てた。いずれおれの作品を借りにくるだろうと思ってさ」

「作品？」リーヴズはいった。

「私の特別プロジェクトに興味を示したのはあんただけだ」

「そこまでわかりやすいか？」

「先を見てる」ワッツはいった。「ほかはみな、現状に満足している。相棒はだれだ？」

「マット・キンケイド、おれの副官だ」リーヴズはいった。「こいつはあんたの距離改良型顔認証のアップグレードのことを知らない。それについて、少しばかり知っておきたい」

「短縮版がいいか、それとも完全版か？」

「短縮版で頼む」リーヴズはいった。「今日は手いっぱいだ」

「エレベーターで乗り合わせたときのために、手短な紹介を練習してきた」

リーヴズはキンケイドに顔を向けた。「昔はエレベーターが各階に止まってたものさ」

「おかしな諜報《ちょうほう》部員だな」ワッツがいった。「いくぞ。現在の３Ｄ顔認証《ＦＲ》ソフトウェアは、一般に人間の顔の表面にあるとされる八十の節点間、あるいは感知できるかぎりの節点間の距離を測り、そのキャプチャされた顔画像と、日々溜《た》まっていくシステム内の顔画像とを比較する。対象までの距離が十四メートル以内なら、信頼度は九十五パーセントを超える。それだってたいしたことではないが、さらに離れると急激に下がる。解像度がネックになる」

「高解像度の、またはパン《Ｐ》・チルト《Ｔ》・ズーム《Ｚ》カメラを使えば解決すると、なにかで読みましたが」キンケイドがいった。

「わんわん保安官は下調べしてきたようだ。大変けっこう」ワッツがいった。「同軸同心ＰＴＺカメラならその問題も解消し、対象までの距離が四十六メートルでも認証できるが、市はそもそも負担したくない市全域の防犯カメラを全部取り替えないといけない」

「だから、ソフトウェアをちょこっと調整して距離を伸ばしたのですか？」

「本質的にはプログラムの書き直しだぞ、〝ちょこっと調整〟はないだろう」

「すみません」キンケイドがいった。「あなたのソフトウェアは画像の解像度を高めるのですか?」

「いろいろと解像度を変えてみようと考えたが、それよりずっと簡単なことを思いついて、そっちの考えは捨てた」ワッツがいった。「私の修正版では、各デジタル・フレームでマッピングする節点数は減るが、フレームごとに異なる節点を任意に選んで解析する。現在のテクノロジーでは、どのフレームでも同じ節点を用いるのがデフォルトだ。近接撮影された静止画ならそれで充分だ。この修正によって、現在の防犯カメラシステムのままでも、二十七メートルほど離れたところで動いている対象物を、六十から七十パーセントの精度で分析できる」

「すごいですね」キンケイドがいった。

「その数字を九十パーセントまで上げたい。そうなれば、特別なものができあがる」

「そうなれば、あんたはここを辞めてビジネスを立ちあげる」リーヴズはいった。

「すべてJRICの所有となる独占作業だ」ワッツがいった。「いざとなれば、一から作り直す自信はあるが」

「街頭でテストする準備はできているか?」リーヴズはいった。

「その言葉を待っていたよ」ワッツはいった。「今朝、きみの顔認証依頼がデスクに届いたとき、絶好のチャンスだと思った。それにタイミングもいい。いまは、重要な監視計画はひとつも担当していない。優先度の高い案件が、つまりきみがもってきたもの以外ほぼすべての案件が入ったら、現在のソフトウェアに戻さなければならない」

「わかった」リーヴズはいった。「今回の件に使えるのは四十八時間か、それ以下だ」

「なかなか興味深い対象人物の取り合わせだ」ワッツはいった。「彼らはカメラ撮影ゾーンをマッピングしていると思うか?」

「だからここに来た。相手は対監視行動を熟知していることがわかっている」

「要するに、きみらは振り切られたわけだ」

「二度も」キンケイドがいった。

「驚いたな」ワッツがいった。

「捜査官として誇れることじゃない」リーヴズはいった。「だから、なんとしても彼らを探し出したい」

「それならここに来て正解だ。カメラ撮影ゾーン・マッピング・アプリのようなものを使っていたとしても、私の修正ソフトはその上を行く」ワッツはいった。「私がテストしたアプリは、探知ゾーンを広く見積もったうえで、探知ゾーン外の安全経路をマッピングする。ソフトウェアの有効範囲を従来の二倍、ときには三倍にしてテストした」

「だが、あんたの修正版からは逃れられない」リーヴズはいった。

「彼らはあやしみもせずに新たな探知ゾーンを通る」

「弱点は？」キンケイドがいった。

「精度のパーセンテージから見て、何人か偽陽性をつかむだろうね」

「少しくらい無駄足を踏んでもかまわない」リーヴズはいった。「やろう」

「すばらしい《エクセレンテ》、アミーゴス」ワッツはそういいながら、デスク上で一枚の紙とペンを滑らせた。「きみたちの依頼に関連して実験的にソフトウェアの使用を許可するサインが必要だ」

リーヴズがペンを手に取って書類をざっと読むと、すでにアンジェラのサインがしてあった。

「朝からずっとおれを待ち受けていたようだな」

「ここ三週間ほど、ＪＲＩＣへの顔認証依頼の選別はすべてアンジェラがしてきた」ワッツがいった。「彼女はこのソフトウェアにたいそう期待している」

「道理でおれに会えて喜んだわけだ」リーヴズは書類にサインしながらいった。

ワッツが立ち上がり、ふたりは握手した。

「予想ではどれくらいかかる？」リーヴズはいった。

「いまも市内をこそこそ動きまわってるなら、一時間以内であたりが出はじめるだろう。ソフトウェアを変更したから、LAに安全なスペースはあまり残っていない。おれならこうしたことを見越して市街地に近づかないが、その場合はどうだ？　答えはわかるだろ」

「連中は自分たちがシステムをかいくぐれると思っているだろう」

「そこが修正版の肝だ」

「認証距離の拡大について憲法修正第四条は問題になりませんか？」キンケイドがいった。

ワッツがにやりとした。「その書類にはそれに関する項がある」

キンケイドがリーヴズに目をやり、片眉をあげた。

「この修正の合法性はまだ検討されていない」リーヴズはいった。「つまり、この監視活動で得られた証拠はどれも使えないということだ」

「使えるさ」ワッツがいった。「だが、敏腕弁護士なら、そんな証拠は法廷から放り出すだろうな」

「で、おれもＦＢＩから放り出される」リーヴズはいった。「ＦＢＩから放り出されるといえば、リストにもうひとつ顔を加えられるか？」

「その顔のことはだれにも知られたくないみたいだな?」

「あんたとおれだけの話にしてほしい」

「それから、そこの人もだろ」キンケイドを顎《あご》で示して、ワッツがいった。

「そこまではしかたない」リーヴズはいいながら、自分のスマートフォンをとり出した。「その男の名前と数枚の写真がある。それで足りるか?」

「本名か?」

「だと思う」

「写真は?」

「運転免許証とパスポート」

「だからといって本物とはかぎらない」

「たしかに」リーヴズはいった。「おれは本物だと思ってる」

「なら、必要なものはそろってる。特別指令にアクセスするリンクできみを呼びだそう。それ以外はFBIのきみの受信箱へ送る」ワッツがいった。「私の知っているやつか? きみの上司か奥さんならシステムから蹴りだすぞ」

「これまで聞いたこともない男だ。知る人はそう多くない」

「好奇心がかきたてられるね」ワッツはいった。「これ以上は訊かないでおこう。好奇心はネコを殺すとかいうしな」

「その方がいい」リーヴズはいった。「この男は仕事でネコを二、三匹殺してきたような気がしてならない」

36

デッカーはモーテルのデスクについて、ハーロウがEメールで送ってきた衛星画像を細かく調べ、山麓《さんろく》地帯にピアースの隠れ家を発見したと確信した。一時間ほど探しただけにしては悪くない。ほぼ一日、車で走りづめだったあとならなおさら。やっと少し肩の力を抜き、軽く食事して、夜は早めに休めると思った。

八時間ぶっ通しで走ってきて、今日のところはアルバカーキに泊まることにした。標識でアルバカーキという字を見かけるようになったころ、太陽はすでに地平線近くに沈み、車のサイドミラー上方に映っていた。

太陽が見えなくなったときには、デッカーは街の中心部のすぐ東にあるデイズインの部屋に落ち着いていた。街の安全な地域でこぎれいな部屋を提供しているモーテルは、彼の目的にぴったりだった。部屋のドアのすぐ前に駐車し、あやしまれずに持ち物全部を運び入れられるように一階に部屋を取った。ハーロウの助言にしたがって、モーテルにチェックインする前に近くのウォルマートに寄り、衛星画像を精査するための大型フラットスクリーンのモニターを購入した。助言は適切だった。小さなノートパソコンの画面では、彼女が送ってくれた精密画像を厳密に調べることはできなかっただろう。

とにかく、ピアースは見つけた。デッカーはそれがほんとうであることを願った。なにしろ、一か八かの大博打《ばくち》だ。元親友とかわした長さも深さもさまざまな会話の記憶と、デンバーでの仕事が終わったあと、一度だけ将来のピアース農場の候補地をふらりと訪ねた思い出だけを頼りに思いついたことだ。

その土地については、アギラールから真西へ走る山道を進み、ふたつの稜線《りようせん》に囲まれたなだらかな谷にあるということしか覚えていない。衛星画像の一枚でその説明と完璧に一致する地形を見つけた。山麓地帯の奥地には一軒の家しかなかった。彼の家にちがいない。ただ、ピアースがいまでもそこにいるかどうかはわからない。デッカーはいると思った。

ヘメット事件の時点では、ピアース夫妻は隠居後の住居の建設をはじめてはいなかった。まだ計画初期の段階だった。あの土地に家屋が存在するという事実はあることを意味する。姿を消したのち、ピアースは計画を進めたのだ。

隠れ場所としては完璧だ。ピアースは十四、五ヘクタールの土地代を現金で支払い、おそらくは握手と簡単な譲渡証書で取り引きした。証書には無名の企業名か、彼が一度も使用したことのない偽名が使われているだろう。だからこそそこにいる、とデッカーは確信していた。ピアースのそもそもの意図を知らない人間には知りようがない。

長旅のせいで腹が減っていたので、デッカーはモーテルから二、三分以内に十以上はあるレストランチェーンのどれかへ車で行こうかとふと思った。一台のベッドの上に並べた荷物を見やるとすぐにその考えを捨てた。ピザをデリバリーするほうがいいかもしれない。モーテルの周辺地域が危険とは思えないが、モーテルを見張っているこそ泥にライフルを盗られるリスクを犯すわけにはいかない。

ラスヴェガス郊外の銃販売店では、購入時にネバダ州のIDを提示しなければならない。ネバダの銃規制法はもっとも寛容といっていい。ニューメキシコ州で同じ必要に迫られれば、また八時間運転してネバダへ戻るしか方法はないだろう。ライフルなしでピアースを追いまわす気はなかった。デッカーが敷地を見渡す尾根に身を隠すまえに、この元親友にして同僚にこちらの気配を感づかれたりしたら、無事にそこから出るには射程と火力が必要になる。

そのあたりの地形なら、身を隠す場所を事前に考慮する機会はたくさんあるが、動くとなると遮蔽物《しゃへい》はほとんどない。射程の長い銃がなければ、ピアースのような百戦錬磨のエキスパートにすぐに身動きを封じられ、忍び寄られて殺される――か、こっちがミスを犯す。だが、たとえライフルがあったとしても、ピアースならこっちを釘《くぎ》付《づ》けにできる。あそこで確実なことはなにもない。ピアースの本拠地だ。よく知らない土地で、有利な立場にあるピアースを敵に回すかもしれないと思うと、彼はためらった。ヘリコプターのもっと攻撃的な利用を考えた方がいいかもしれない。

デッカーはピアースを生け捕りにしたい。となると、ひらけた土地で降伏に追い込むか、在宅時に意表を衝《つ》くか。見つからずに家へ接近する可能性はゼロだから、残る手段はひとつしかない。デッカーの計画にあわせてピアースをおびきだす。家の周囲の尾根のどこかでうまく身を隠せる位置まで行ってから、尾根の陰にヘリコプターを誘導して着陸させる。ヘリコプターの音がすればピアースは調べる気になるだろう――ヘリコプターを監視する地点として最適な尾根で、デッカーが待ち受ける。

いくら想像力をたくましくしても完璧な計画には見えないが、ピアースの頭上から海軍特殊部隊一個小隊を降下させられないなら、それくらいが精一杯だ。デッカーはちゃちなデスク用椅子の背にもたれて首を振った。二十年以上親友としてつきあってきた男を追い詰《つ》めて尋問しようとしていることが信じられなかった。

ピアースが彼を売り渡したとはとても信じられないが、間接証拠と状況証拠とはいえ、集まっている証拠を見るかぎり、そうとしか思えなかった。ワールド・リカバリー・グループのメンバーに対する大殺戮《さつりく》を、なぜピアースだけが無傷で免《まぬが》れたのか、デッカーはアナポリス時代からの付き合いである友人に説明する機会を与えたかった。

取り引きの見返りとして、デッカーに不利な証言をするというような単純なことだったなら、友情を終わらせてピアースのことは放っておく。それ以外のことだとわかったら、あれだけ多くの仲間に苦悩と悲嘆を与えたピアースに天誅《てんちゅう》をくわえる——裏切りの全容を明らかにしたあとで。ヘメットの大惨事の結果、すべてを失った男女に対して、根源までさかのぼって解明することがデッカーの義務だ。情けはかけない。

デッカーは突然、頭がふらつくほどの疲れを感じた。なにか食べなくてはならない。アルバカーキへ早く着きたくて急いだので、給油のために停まっただけで走りづめだった。基本的な欲求を意識することにまだ慣れていなかった。刑務所では、厳密なスケジュールにしたがって食事をし、運動し、シャワーを浴び、眠った。刑務所生活でいくらかなつかしいと思うのは、そういった決まりきった日課ぐらいだ。刑務所内で次々と押し寄せた重大な危機を避けて通れるようになると、塀《へい》の中に閉じ込められた日々はいくぶん瞑想《めいそう》的になった。

四年間の軍隊生活を終えて、最後に海軍兵学校の敷地から車を走らせて出ていくときも、同じように感じた。なにをすればいいのか、よくわからないような感覚。腹が鳴った。なにをすべきか、決めやすくするかのように。彼はインターネットでピザ屋を探し、冷えたビールまで配達してくれる店を見つけた。そんなことができるとは知らなかった。ホテルの部屋まで配達されるピザとビール。外の生活は過去二年間で大きく向上していた。

〝キッチンシンク〟ピザのラージとシエラネバダ・ペールエールの六缶パックを注文してから、ハーロウが信頼している救出組織が使用している非公開のウェブサーバー経由でセットアップしてもらった、セキュリティ強化Eメールをチェックした。新着メッセージが五分足らずまえに届いていた。それをクリックして読むうちに、かすかな笑みが浮かんだ。ハーロウは、デンバーを拠点とするあるグループを見つけていた。彼らならバックアップ・チームをヘリコプターで明日十時までにアギラールへ移送できるという。ビールは控えたほうがよさそうだ。減らしたほうがいいのはまちがいない。

彼は返信に、数分まえに思いついた簡単な計画のあらましを書いた。デッカーは午前三時半にモーテルを出て、車でアギラールへ直行する。給油一度で四時間のドライブだ。アギラールに入ったら、ＳＵＶで町の西方へ続く山道を一キロちょっと走り、ピアースの家の手前約八キロの地点で駐車し、そこから徒歩で進む。デッカーが目標地点を見渡せるどちらかの尾根の位置につくころ、ヘリコプターのバックアップ・チームは、アギラールの東数キロの集結地点に到着する。デッカーは敷地を見張り、気づいたことに基づいて作戦の最終段階を開始する。

数秒とかからずにハーロウは返事をよこした。

いけそうね。決定したら電話する。

デッカーは待ちきれなかった。

37

デッカーは、片側一車線の田舎道を走ってアギラールの町外れへと近づいた。町の境界線となる樹木の上に、サングレ・デ・クリスト山脈の山麓がかろうじて見える。アラームが鳴る三十分前に心ならずも目が覚めたおかげで、予定より早く進んでいることもあり、本物のコーヒーを飲みたくなった。アルバカーキを発つのが早すぎて途中でコーヒーショップを見つけられず、州間高速道路《インターステート》脇のガソリンスタンドでしかたなく飲んだものは、刑務所のコーヒーと大差なかった。

残念だが、あいている店がアギラールにあるとは期待していなかった。彼が覚えているかぎりでは、町の中心にある一ブロックの通り沿いに剝製《はくせい》店の二、三軒が点在し、廃業したような見かけのカフェが一軒あるだけで、多くはシャッターをおろしていた。ひょっとしてということもある。道路はゆるやかに北へカーブし、メインストリートと交差するが、奇妙なことにその四叉路《よんさ》のどこにも〝止まれ〟の標識はなかった。

メインストリートへ入り、中心部を走ると、記憶にあるよりももっと小さく寂《さび》れていた。前方の店舗の看板に〝ベーカリー〟の花文字を見つけて希望が湧《わ》いたが、店のまえに来るなりそれはしぼんだ。〝閉店しました〟の看板が、ほこりの積もった窓の奥にかろうじて見えた。まともな、いや、どんなコーヒーでもいいから飲もうとするとこのざまだ。

アギラール中心部を一分とたたずに通り抜けてサンアントニオ通りにやってきた。そこでメインストリートが、山麓へとつづく土を固めた道路に変わった。また一分ほど走り、衛星地図で確認してあった道路の分岐点にやってきた。車を脇に寄せて停め、助手席でノートパソコンをひらいて、分岐点のそばにある小さな溜め池を衛星画像と照らし合わせた。

「これだ」彼はささやいて、分かれ道の左側へと進んだ。

デッカーはふたつの尾根にはさまれた涸《か》れ谷を走った。土の道はまもなく、深いわだちが残る山道となった。数百メートル走ってから車を停め、ダッシュボードに搭載されたGPSをつけ、表示された衛星地図で現在地を調べた。ノートパソコンでもっと精密な画像を見て考えてから、左へ曲がり、こっちでよかったのだと確信した。山道を四百メートルほど南西へ進むと、また別の涸れ谷へ入った。さっきより高くそびえる両側の尾根を見て、地勢図など必要ないとなめていた自分を反省した。西へ行けばいくほど、地形は険しくなっていく。

　SUVの前方で細くなる山道とハンドル横のGPSに均等に注意を向けつつ走り、最初の予定より十五分早く、山道の終点にたどり着いた。山道の状態が悪かったせいでアルバカーキからのドライブで稼いだ時間の半分を食ってしまった。

　高さを増す西の山々をフロントガラスを通して見ながら、彼は顔をしかめた。実際に来てみると、彼の記憶と大きく異なっていた。十時までに位置に着くにはかなり急がなければならない。現実的に考えれば十一時か。骨の折れる山歩きとなるのは明らかだから、着いたあと体力を回復させたい。普通の状況であればこれくらいの距離など歯牙《しが》にもかけないが、彼が慣れている標高より千二百も高い標高二千メートル弱では、八キロも歩けば疲弊するだろう。デッカーは中央コンソールから衛星電話をとり出し、現況を知らせるためにハーロウに電話した。

「着いた?」ハーロウがいった。「あと四十五分でヘリコプターが飛び立つ」

「いま第一中継点だが、タイムラインをうしろにずらしてほしい」デッカーはいった。「すまない。高くつくのはわかっている」

「すでに片腕と片脚分の大金を散財してるのに、もう片脚がなんだというの?」ハーロウはいった。「答えなくていいわ。なにがあったの？」

「記憶にあるよりはるかに山が高かった」

「冗談でしょう？　だって――地勢図を確認した？」

彼はすぐに答えなかった。それが答えも同然だった。

「どうしようもないわね、デッカー。どのくらい遅らせればいいの？」

「一時間」彼はいった。「念のため九十分」

「わかった」かなりの間を置いたのち、彼女がいった。「彼らの集結地点到着は十時四十五分、あなたが早めに着いた場合に備えて」

「すまない。きみたちにとって――財布にとっても――お荷物にならないようにする」

「たいした問題じゃないわ。少し神経質になってるだけ」

「おれなら大丈夫だ。遮蔽物も身を隠す場所も、記憶していたよりたくさんある」

「プラスにもマイナスにも働くわね」彼女がいった。「慎重《ケアフル》に」

「『ケアフルはおれのミドルネーム』といいたいところだが、時すでに遅しだろうな」

「手遅れもいいところ」ハーロウがいった。「必ず半時間おきに連絡をいれて。十分過ぎても連絡がないなら、最後に報告のあった場所へ直接ヘリコプターを向かわせる」

「了解した」デッカーはいった。「そろそろ行く。八時に最初の連絡をいれる。出かける前にいくつかやることがある」

「八時きっかりに」彼女はいって電話を切った。

デッカーは電話をポケットにしまってエンジンを切り、ひんやりしてすがすがしい山の空気のなかに出た。せめても、炎暑のなかを歩くことはなさそうだ。予報では、アギラールの気温は午前中は二十度を超えそうになかった。ここだともう少し低いだろう。長旅で凝《こ》り固まった身体をほぐすためにジャンピングジャックを二、三十回やってから、数分間両脚のストレッチをした。慎重にやらないと、山で太腿《ふともも》とふくらはぎの筋肉を痛めかねない。

ストレッチしたあと、SUVの後部にまわり、ハッチバックをあけた。装備をまとめて出発するのにそう時間はかからない。車の運転のせいで空腹だったので、スナック菓子やパワーバーを詰めたビニールの買い物袋をあさりはじめたとき、残ったピザふた切れをいれたアイスボックスを助手席の足元に突っ込んでおいたことをふと思い出した。スナックの袋をうしろの荷室に放りなげると、アイスボックスを取りに前へまわった。

アイスボックスを手にして助手席側のドアを閉め、車の後部へと向き直り、顔をあげたところで凍りついた。SUVのすぐうしろにブラッド・ピアースが立ち、サプレッサー付きM４ライフルを彼の頭に向けている。グレーのTシャツの上に薄茶色の防弾ベストをつけ、カーキ色のカーゴパンツのジッパーはあけたまま、ハイキングブーツのひもはやんわりと結んであった。自宅から飛び出してきたように見えた。デッカーは身動きしないように注意しながら、しばらく彼を見つめた。

「おまえと知り合って人生の半分が過ぎていなければ」ピアースはいい、車の荷室を見やった。「おれを殺しに来たと思うところだ」

取り繕ってもむだだ。ピアースは優位に立っているし、たわごとを聞き流すようなやつではない。

「そのことは頭をよぎった」デッカーはいった。

ピアースがライフルの銃身を数センチ下げ、拡大照準器をのぞいた。「おれを殺す理由はなんだ、ライアン？」

「ペンキンと話した」

「話しただけではなさそうだが」

「おもしろい話をしてくれた」

「だろうな」

「メガン・スティールはアメリカ人の傭兵《ようへい》グループに誘拐《ゆうかい》され、始末するため彼に引き渡されたが、彼女の正体を知って、将来利用するために温存した」

「スティールがまだ生きていたのに、なぜ身代金請求がなかったのか、それで辻褄《つじつま》は合う」ピアースがいった。

「FBIの捜査が壁にぶつかったあと、おれたちはスティール上院議員に雇われて娘を探し」デッカーはいった。「居場所をつきとめて奇跡のような芸当を成し遂げることになった」

「じっさい、ものすごい芸当だった」ピアースがいった。「なにがいいたい?」

「おれたちは彼女を見つけることになってなかった。ペンキンがいうには、ヘメット襲撃の数日前に傭兵グループがまた接触してきて、娘が生きていることに激怒していたそうだ。あの爆破事件の陰に傭兵グループがいた、とペンキンは考えていた。周到な罠だったと」

ピアースはライフルをもう少し下げた。「おれたちが彼女を見つけたことを、そいつらはどうやって知った?」

「それを訊きに来たのだが」

「おれに?」ピアースはいった。「おれが裏切ったと思ってるのか?」

「だれかが」

「ロシア人はおれたちの一歩先を行った。単純明快だ」ピアースがいった。「あそこに爆薬をしかける時間を稼ぐために、子供たちの新たな移送に関する情報をわざとこっちに流した。先方が上手だった、しかもペンキンは最後の最後までおまえを手玉にとった。裏に謎の傭兵グループがいるだと？　そんなわけがない」

「おれも四十八時間ほど前までは信じていなかった」デッカーはいった。「くだんの傭兵部隊がイージス・グローバルの下で働いているのはたしかだ」

　ピアースがしばらく彼をじっと見つめ、ライフルを肩にかけた。

「奥さんと息子さんのことは気の毒だった」ピアースがいった。「いまだに声もかけられないくらいだ。だが、頭のねじが外れかけているんじゃないか。ほかにどういえばいいかわからない」

「傭兵部隊とヘメットの爆発をつなぐ証拠をつかんだ」

「おれたちをスティール上院議員に推薦したのはイージス・グローバルのＣＥＯだ。おれたちはそれ以前もあそこの仕事をしたことがある」ピアースがいった。「おれたちが業界きっての遣《や》り手だと彼らは知っていた。おれたちにスティールの娘を見つけ出すチャンスがあるなら、どうしておれたちを雇う？」

「娘がまだ生きているとは知らずにおれたちを雇ったんだ」デッカーはいった。「おれたちには絶対に見つけられないと思っていた」

ピアースが溜息をついた。「陰謀なんかない。それに、だれもおれたちを裏切ってない。ロシア人にやられただけだ！　何度も」

「なら、おまえはどうやって無傷で逃れた？」デッカーはいった。「おまえは唯一の生存者だ。それだけは訊かないわけにはいかない。あの夜、おまえたちをのぞいて全員が家族を失い、殺された——か、自殺した」

「待て。友人たちとその家族を死なせたのに、おれが平気だと、本気で思っているのか？」ピアースはいった。「どうかしてるぜ」

「おまえは裁判にかけられなかった。市拘留センター以外に刑務所局におまえの記録はない。おまえはヘメットのあと二、三カ月行方をくらまし、家族の死をでっちあげるために一度姿を現した。おっと——それと、釈放に関する大量の嘘記事を発表するために」

「おれは裏切ってなどいない、ライアン」ゆっくりと首を横に振りながら、ピアースがいった。「釈放と引き換えに司法省にうちのブラトヴァのファイルを渡した。それに、法廷でロシア人に不利な証言をすると約束した」

「なんだと？　うちの事務所を捜索すれば、どのみちファイルは手に入っただろう」

「かもな」ピアースがいった。「厳密にいえば、おれたちを告発する嫌疑とは関係のないファイルだし、情報の保存に使用されていた暗号化クラウドサービスはアメリカの法律の支配下になかった」

「クラウドサービスはサンノゼにあった――待てよ、司法省をだましたな」デッカーは笑みをこらえることができなかった。

「その取り引きに全員を含めようとしたんだが、先方はのってこなかった。それを受けるしかなかった。だれもおれの家族を守ってくれない。ロシア人が家族に手を出してくるのは時間の問題だった」

「アイスボックスを下に置いていいか？」デッカーはいった。

「おれを撃つつもりでないなら」

デッカーは首を振りながらアイスボックスを地面におろした。「そんな考えが頭をよぎったことが恥ずかしい。すまなかった、ブラッド。おれはいったい何を考えていたんだか」

ピアースが首を横に振った。「ロシア人がやったことは許しがたい。だが、先へ進むしかない」

「おれはまだ進めない。これにけりをつけるまでは」

「ペンキンは死んだ、だろ？　拉致したのはおまえだな」ピアースがいった。「ほかになにがあるんだ？」

「彼らはおれたちと同じようにペンキンを利用した。ロシア人だけでなくスティール誘拐にもなにか裏がある。もっと大きな裏が」

「彼らとはだれのことだ？　イージスか？　傭兵部隊か？」ピアースがいった。「いい加減にしろ。終わったんだ」

「朝めしは食ったか？」

「まだだ。朝の予定をおまえに邪魔されたというか」

「腰をおろして軽く食べられる場所はないか？　いくつか知らせたいことがある」デッカーはいった。「まともなコーヒーを飲める店とか？」

「うまいコーヒーを飲めるのは八十キロ以内でわが家だけだ」

「アンナと子供たちを心配させたくない」デッカーはいった。「彼女たちが今いちばん会わなくていい人間がおれだ」

「ほんとうはみんな、おまえに会いたがるだろうな。だが、ペンキンのニュースを見てすぐに家族を遠くへやった。騒動が起きて、いずれおまえが――その騒動を引き連れてくると思った。まちがいだったならいいが」

「騒動のことはそのとおりだが、おれは引き連れてこなかった。だれも追ってこない」デッカーはいった。「おれがこの道を来るとなぜわかった?」

「おれじゃない」ピアースはいった。「退役した一等軍曹がメインストリートの端、溜め池を過ぎてすぐのところに家を持ってる。ベトナム帰り。気むずかしい老人だ、奥さんはもっと気むずかしい。去年あたりから顔なじみになってな。おまえが道路の分岐点で停車してノートパソコンをとり出すのを見かけたそうだ。あの分岐を左折するぴかぴかの新車のSUVは多くない。全地形対応車《ATV》とあとはジープがほとんどなんだ。しかも、平日の朝七時だしな。すぐにおれに電話して、おまえのあとを追ったんだ」

「おまえの家はここから八キロくらいか」

「直線距離で八・四キロだ。おれのよく知る土を固めた道なら、十四キロ弱」ピアースがいった。「おまえが到着する二分前に着いたよ」

「いい人たちらしいな」

「じつにいい人たちだ」ピアースがいった。「いまも猟銃《りょうじゅう》でおまえに狙いをつけてる」

「それなら、正式なやり方で行こう」デッカーは片手をのばした。「撃たれないように」

ピアースがその手をつかみ、デッカーを引き寄せてハグした。「元気でよかった！」

「また会えてどんなにうれしいか、言葉にならないくらいだ」デッカーはいい、相手の背中を二、三度たたいてから体を離した。おいおい泣いて、抑えていた感情をほとばしらせたかったが、こらえた――ある程度は。

「ざまあないな」ピアースがいった。「いい歳をした大人ふたりが、あふれる感情を必死こいて抑えてる」

「おれはかなり訓練を積んだぞ。抑えないと刑務所で死ぬことになるからな」

「おれには想像がつかん。どうして早く出られたんだ？　十年は喰《く》らったんじゃないのか。少なくとも五年はいるはずだろう」

「話したかったのはそこなんだ。釈放されて一時間とたたないうちに、軍事請負会社タイプのチームがおれを殺しにかかった。ロシア人じゃなかった」

「こんなことをしたら後悔するのはわかってるんだが」ピアースがいった。「軍曹についてここを出ろ。郡道でこの尾根の反対側へ連れていってくれる。そこからおれが車に乗せていく」

ピアースはベストのポケットのひとつから小型無線機をとり出した。

「それで思い出した」デッカーはいった。「機動部隊に連絡しないと」

「機動部隊？　だれも追ってこないといったよな」

「ヘリコプターをデンバーで待機させてあるんだ。おまえに機先を制されたときのために、一〇四五時にアギラールの東のどこかへ展開することになっていた。計画はそこまでだが」

「以前のつてを使って手配したのか？」

ピアースが心配する理由はわかった。ワールド・リカバリー・グループの重要な仕事上の関係筋はどこにしろ、やりとりを報告せよと司法省から求められるだろう。到着するヘリコプターの機体には十中八九、ＦＢＩと書かれているだろうし、すぐうしろに政府機関のＳＵＶをずらりと引き連れているはずだ。

「いや。ある友人が計画した。名前はひとつも出していない。彼女だけがおまえの家の場所を知っている」デッカーはいった。「彼女は信用できる。おれが似非《えせ》手続きで釈放されてすぐに殺されかけたときに救ってくれた人だ」

「おれはだれも信用しない」ピアースがいった。「だから、子供たちを自宅教育して、まったくなにもない辺鄙な場所に住む理由をたびたび説明しながら、自給自足で暮らしている」

「彼女は決して裏切らない。命を賭けてもいい」

「招かれざる客が現われたらその約束を守ってもらうぞ」

「もう行く。おまえの家の目のまえで騒ぎを起こすことだけは避けたい」

ピアースがしばし彼を見つめ、やれやれと首を振った。「いいたいことがあるなら聞く。だが、行くまえに知らせておきたいことがある」

「わかった」デッカーは出発間際の打ち明け話に興味をそそられた。

「あの夜、ほかにも生き残りがいた」

「おれの調べではいなかった」デッカーはいった。「リストの例外はおまえだけだった。死亡証明書なし。ほかの全員にはあった。おまえのことを調べはじめた理由はそれだけだ。最近の衛星画像で山中の家屋を見つけて、おまえにちがいないと思った」

「とらえ方の問題だと思う」ピアースはいった。「自分では最大の例外とは思っていなかった」

「意味がわからない」

「おれはそれと同じリストを調べて、別の名前に目を留《と》めた」ピアースがいった。

「カート・エイルマンと彼の家族は、メキシコのタンピコで借りていた家で殺された。テキサスとの国境から約三百二十キロ離れたメキシコ湾岸の町だ」

その話は弁護士から聞いたことがあった。エイルマン、妻、学齢期の子供三人の切り刻まれた遺体が裏庭の温水浴槽で発見された。ロシア人がメキシコ湾沿いを牛耳《ぎゅうじ》るカルテルに頼んだのだろうとデッカーは推測していた。ブラトヴァとカルテルはずっと昔から提携してコカインをヨーロッパとアメリカに密輸してきた。

「彼が自分の死をでっちあげたと考えてるのか？」デッカーはいった。「警察が遺体を発見しているぞ」

「警察が発見したのは遺体だ。以前つきあいのあった思慮深いメキシコ人私立探偵のひとりを雇って少し調べさせた。エイルマンは、ＦＢＩの捜査網をかいくぐってほんとうの意味で姿を消したチームで唯一のメンバーだ」

デッカーはうなずいた。たしかにそのとおりだ。〝グレイブヤード〟のコールサインを持つカート・エイルマンは、誘拐されてブラトヴァの家に監禁されていた子供たちの救出チームのための監視員だった。あの家が爆発したあと、だれも彼と連絡がとれなかった。妙なことに、デッカーはそのことを深く考えたことがなかった。エイルマンは爆破された家屋を見下ろす山頂で即座に結論をくだし――家族を逃したのだと思いこんでいたのだ。

「おれが頼んだ探偵は、自分に危険がおよばないようにして、数人の警察官からオフレコで話を聞いた」ピアースがいった。「エイルマン一家はメキシコで死ななかった」

「彼がその結論にいたった理由は?」

「こういっていた」ピアースがいった。「温水浴槽に浮いていた頭はどれも金髪ではなかった」

「まさかそんな」

「ああ」ピアースはいった。「エイルマンはとんでもない方法で自分の死を装った」

「彼をどうやって探す?　全員の目をごまかすためにそんな厄介《やっかい》なことまでしたのなら、もうとっくにいなくなっているぞ」

「わからんぞ」

「朝めしの席で話がはずみそうだな」

38

ハーロウはデッカーとの電話を切って、スピーカーフォンで通話を聞いていたソフィーに向き直った。

「どう思う?」ハーロウはいった。

「二機めのヘリコプターの代金は支払わない」ソフィーがいった。「この件は自力でやってもらう」

「わたしもまずそう思った。でも、ああなってよかった。ピアースが彼を裏切ったと思っただけでむかついたもの。ふたりは海軍兵学校からの仲なのよ。二十年以上のつきあい」

「ふたりをテーマに期末レポートでも書いたような口ぶりね」ソフィーがにやにや笑いながらいった。

「冗談はやめて」ハーロウはいい、ノートパソコンをひらくと、電話口でピアースが送ると約束していたEメールが届いているか確認した。

「まじめにいってるのよ——多少はね。ちょっと入れ込みすぎてるようだから」

「こういう事件には、入れ込まないほうがむずかしい」ハーロウはいった。「デッカーとその仲間がはめられたというにとどまらない。スティール誘拐の糸を引いた人間は一線を越えた。何度も。急襲の直前に、全員が死ぬことになるのを承知で、子供十五人をあの家へ移送した。ワールド・リカバリー・グループの家族にしたことはいうまでもなく」

「そういうことをいってるんじゃないわ」ソフィーがいった。「あなたはデッカーに入れ込みすぎてると思う。そう思っているのはわたしだけじゃない」

「それがどうかした？」

「わたしがクライアントのだれかに入れ込みすぎたとしたら、あなたはどう思う？」

「デッカーはクライアントじゃないわ」

「これがだらだら長引くようなら、その話も別個にする必要があるけど」ソフィーがいった。

「だらだら長引く？」ハーロウはいった。「いいたいことがあるの？」

「ない。まちがった理由で躍起になっているんじゃないかと心配してるだけ」

「わたしは正しい理由でこれをやってる」ハーロウはいった。「それについては全員の認識は一致してると思っていたわ」

「してるわ、進む道があるかぎりは。あるように見えるけど、現時点ではわたしたちの管理下を離れたといっていい――事態が打開するまで、わたしたちはここで身動きが取れない。いまは完全にデッカーしだいよ、それを考えると落ち着かないの。この逆になると思ってた」

「わたしもよ、でも事情は変わった」ハーロウはいった。「彼をひとり立ちさせて、力強く走らせる。彼がピアースを引っぱりこめれば、ふたりは現場であなどれない力を発揮するでしょうけど、それでもわたしたちの支援は必要になる。わたしたちの支援がなければ、デッカーは全力を出せない。わたしたちがここに集めてきたチームが、最後の決め手になる。わたしはそう確信してる」

「いまのところはちょっと見通しが悪い」ソフィーがいった。「デッカーは出てきた手がかりに飛びついているだけ。このテキサスの手がかりがうまくいかなければ、これからどうなるか見当がつかない」

「同感よ。最後の手としては、デッカーを表に出して、その餌《えさ》にまた大物を食いつかせる。しばらくデッカーを車で連れまわすだけでいい。あとは街頭の防犯カメラが仕事をしてくれるわ」ハーロウはいった。「額《ひたい》に照準をあてられても、デッカーならたいして気にしないと思う」

「あんなことをした連中をやっつけるためなら、彼はどんなこともいとわないでしょうね。アイデアとしては悪くない」

「ほとんどの不確定要素をコントロールできるならね」ハーロウはいった。「でも、それは無理」

「どうかしら。ケイティならこっちの都合に合わせてとてもうまくやってくれる」

「たしかに、でもこのガンサー・ロスという男は、同じミスをくり返すかしら。わたしたちは彼を怒らせた――二度も。もうわたしたちをみくびったりしないと思うわ」

ソフィーはオレンジジュースをひとくち飲んだ。「ほかにできることは？」

「監視を続けること。ロスがへまするかもしれないし」

「そうじゃなくて、つまり……わたしたちがまだ調べ尽くしていないこととか？」ソフィーがいった。「この二十四時間で多くが明るみに出た。いまわかっていることから後戻りして考えて、もっと多くの点をつないでいく。きっとなにか見落としてるはずよ」

「昨日話したことがずっとひっかかっているのだけど」ハーロウはいった。「こういったことすべてが、誘拐とどう関係しているのか」

「そうね。全体像。はなから帰さないつもりでメガン・スティールを誘拐したのはなぜか？　大局を考えるのにじゅうぶんなコマは集まった。わたしたちがまだ考えていない組織の動機を特定する」

大部屋にいたふたりにパムとサンドラもくわわって、ガラスのコーヒーテーブルについた。

「で、どうする？」パムがいった。「料理人を雇うほかに。もう冷凍食品はたくさん」

「わたしは料理するつもりないから」ソフィーがいった。

「わたしは料理をしない」パムがいった。

「みんなテイクアウト・チームってわけね」サンドラがいった。

「毎日、毎食十二人分をテイクアウトなんてできない」ハーロウはいった。「目立ちすぎる。午前中にここへ来て、その日の食事を用意できる料理人を探すわ。家は広いから、じゅうぶんにSCIFチームをかくまえる」

「お金がかかりそうね」サンドラがいった。ハーロウとは目を合わせなかった。

「わたしが出す」ハーロウはいった。「家の費用も」

「家の費用は全員で払うのよ」ソフィーがいった。「そう決まったはず」

「一週間が過ぎたら全部わたしが出す。本気よ」

「そこまでやることないわ」パムがいった。「こんな連中につけまわされているのだから、どっちみち普通の生活には戻れないし。これが解決するまではどうしようもない」

「事態がすぐに動くかどうか、はっきりとはいえない」ハーロウはいった。「デッカーとブラッド・ピアースと電話で話したばかりよ。彼らはワールド・リカバリー・グループの三人めの生き残りと思われる人物を特定した。その男が計画をぶちこわした内通者だと確信していたけど、その根拠となる情報は説得力に乏しい。仮定が多いの」

「居所はわかってるの?」サンドラはいった。

「テキサス。人里離れた場所」ハーロウはいった。「その場所だって、仮説に基づいた推測。この線が行き詰まったら、ほかに進む道を思いつかない」

「ハーロウがさっき、デッカーをおとりに使うとかいっていたわよね」ソフィーがいった。

「彼にお熱なんじゃないかと思ったときね」パムがいった。

「いってくれるじゃない」ハーロウはいった。「あの人はクライアントよ」

「さっきクライアントじゃないといったじゃない」ソフィーがいった。

「どっちでもいいわ。いいたいことはわかるでしょ」

「わたしたち、デッカーをおとりに使うしかないかもしれない。デッカーにとってもそれしかない」パムがいった。

「わたしもそのことを考えてた」ソフィーがいった。「彼は賛成してくれるわ」

「その橋しかないとわかったら、渡りましょう」ハーロウはいった。「さっきソフィーとわたしが話していたのは、みんなで知恵を出しあって最初から考え直した方がいいということ。メガン・スティールの誘拐から。その誘拐事件がすべての発端だった、しかも、そうする目的が、だれかにあった。その事実を見失っていた。だれがどういう理由でやったかという仮説をいくつか作り出せれば、別角度からこの件をたどれるかもしれない」

「不確定要素があるとしたら、どういったもの？」サンドラがいった。

「ロシア人は削除ね」パムがいった。

「完全には除外しないで」ソフィーがいった。「わたしたちが想像もしなかった形で、ほかの不確定要素とつながっているかもしれない。イージス、またはあの傭兵タイプの連中を雇ったのがだれにしろ、彼らはロシア人組織をよく知っていたからこそメガン・スティールを引き渡したのだし」

ケイティがキッチンから部屋へ入ってきた。「体を動かしてるのはわたしひとり？」

「みんなで頭を動かしてるところ」ソフィーがいった。

ケイティが片方の眉を上げた。「ほらね」

全員が笑った。

「監視対策措置は進んでる？」ハーロウはいった。

「あんまり」ケイティがいった。「ＦＢＩは、うちのオフィスを含めて拠点の半数にチームを送ってるし、ガンサー・ロスの手下は全部を見張ってる——非番の警官か保安官代理を使って。彼らの車のウインドウをこつこつたたいて、そんなことをしてもぐるっとまわって行き止まりだよと教えてやりたいわ」

「ロスの手下に街でつかまるわよ」パムがいった。

「やってみたらいいわ。わたしがどういう人か知ってるでしょ。プランもなしに飛び出したりしないわ」ケイティがいった。「さてと。なんのアイデアを出し合っているの？　ランチとディナー？」

ソフィーがハーロウを指さした。「料理人を雇ってくれるって」

「ここにいる全員がプリマドンナじゃないんだから」ケイティはいった。「十人分くらいならわたしが作れるわ。ヴァレーへ走って必需品を買う必要はあるけど」

「この家から外に出るのは最小限にしたい」ハーロウはいった。

「顔認証を避ければいい。出かけるのは三日に一度くらいにして、行き先を変える。大丈夫よ」

「先を見越して計画を立てる必要がある」ハーロウはいった。「安全第一よ」

「だれかをここにいれるよりはいいと思う。こんな状況でどんな人間や物体が飛び込んでくるかわかったものじゃない」

「考えれば考えるほど、だれかをここにいれるのはまちがっているように思えてきた」ソフィーがいった。「その人たちがＳＣＩＦの思惑をちょっとでも嗅ぎつけたら、警察に通報するかもしれない。そうなればレーダーに引っかかる。ガンサー・ロスには、明らかに地元の治安維持機関にコネがある。市の非番の警官の半数が彼のために監視任務についているようだし」

「なるほど」ハーロウはいった。「一、二週間の滞在に必要なものを調達しに何度か街へ行く計画を立てるわ」

「わたしは買い物リストを作る」ケイティがいった。

「急がなくていいわよ」サンドラがいった。「二、三日は冷凍食品を食べるか、ピザを注文すればいいんだから。ほとぼりを冷ます時間は長いほど都合がいいわ」

「それもそうね」ケイティはいって、革張りのカウチのハーロウの隣に座った。「それで、みんなでなんについて意見を出し合っていたの？」

「メガン・スティールの誘拐事件」ハーロウはいった。「彼女が誘拐された理由を考えていた」

「わたしの見るところでは彼女は誘拐されたんじゃない。殺害されたのよ。メガン・スティールをさらったやつは、はじめから彼女を殺すつもりだった。イージスと関係してるとわたしは思う。まずイージスを調べるべきよ」

「だけど、ジェイコブ・ハーコートがワールド・リカバリー・グループをスティール上院議員に推薦したのよ」ハーロウはいった。「もしこの裏にイージスがいるとして、イージスのCEOが業界最高の人材を雇うリスクをなぜ犯すの？　ただし――」

「彼女が見つかるはずがないと知っていたら別よ――だって、彼女は死んで埋められることになっていたんだもの」ソフィーがいった。「デッカーにそういわれたとき、荒唐無稽だと思った」

「もうそうは思えない」深々と座りながら、ハーロウはいった。「この線で進めましょう。あらゆる角度から。あらゆる人物を。あらゆる組織を。すべてを詳細に分析する。イージスからはじめるわ」

39

デッカーはピアース宅のウッドデッキに立って、すばらしい景色に見入り、三杯めのボリビアコーヒーを飲んでいた。いまは、そのどちらを喜ばしく思っているのかはっきりしなかった。ピアースの西向きの家は、東西に走るふたつの尾根のあいだに広がる涸れ谷の底にあった。その位置のおかげで、サングレ・デ・クリスト山脈の深緑色のマツの森の上にそそりたつ、雪をかぶったふたつの峰がよく見えた。数年前、ピアースに連れてこられたときは、この景色の美しさをまったくわかっていなかった。

ピアースを見やると、マツの木立《こだち》が点在するなだらかに勾配する谷間をぼんやりとながめている。

「ここに連れてこられたときには、おまえは正気かと思ったぞ」デッカーはいった。

「景色のほかにはなにもなかった」

「それが大事なんだ」ピアースがいった。

「どっちだ――景色か、それともなにもないことか？」

「両方」

デッカーは笑った。「なにか考えがあってここにしたんだろうな。隠れ家を建てる際の秘密のメモは見当たらないが」

「ここを長期的な潜伏場所にするつもりはなかった」ピアースがいった。「家族といっしょにほとぼりが冷めるまで待つだけの仮の宿りだ。いい猟場もある」

「剝製店があった。町で続けられる商売はそれだけらしいな」

ピアースがにやりと笑った。「おれたちが来てからカフェの経営者は三度変わった。いまはパン屋になってると思う」

「こんなことはいいたくないが、パン屋は店じまいしていた」

「ほんとか？　くそ。二十五キロ以内で、州間道路脇のガソリンスタンドをのぞけば、食べ物が買えるのはそこだけだったのに」

「少しは出かけたりするのか？」

「月に二回、トリニダードへ食料雑貨を仕入れにいく」ピアースがいった。「そこの湖がきれいな州立公園になっているし、まともなメキシコ料理を食わせる店が二、三軒ある」

「おまえをここから引っ張り出したくない」デッカーはいった。「おまえが戻らなかったらアナはおれを絶対に許さないだろう」

「彼女ならわかってくれる。考えてもみろよ、実際いつまでここにいられる？　子供たちは大きくなって、ここでののんびりした暮らしも、もう先が見えてきた。いまは、どうにかやってるけどな。これを切り抜けるチャンスはある」

「かもな」デッカーはいった。「子供たちはじきに高校生か？」

「在宅教育で高校課程をやらせている。ここには子供たちが気を散らすようなものは多くない。ニキは形のうえでは五月に高校二年の課程を修了した。トーマスはあとひとつきくらいで一年生を修了する」

トーマスとデッカーの息子のマイケルは友だちだった。住む町が異なっていたのでそれほど親しくなかったが、いまの話はデッカーを打ちのめした。涙があふれてきたので、彼は顔をそむけて深々と息をした。

「おまえの家族のことを考えない日は一日もなかったよ、ライアン」ピアースはいった。「一日も。自分の家族を見るたびに罪悪感を感じた。おまえにはばかばかしく、いや、侮辱的にすら聞こえるかもしれない。おれにはわからない。でも、ときには罪悪感で頭のキレが鈍ることもある。アナにはそれがわかっていて、心配になってきている。おれにはそれがわかる」

「ばかばかしくも侮辱的でもない」デッカーは静かな谷間を見晴らしながらいった。

「あのくそったれどもが残した後遺症だ」

「おれもいれてくれ」

「アナに電話しろ」

「車で走りながら電話する」ピアースがいった。「出発しないと」

「ハーロウのチームが荷物をまとめるのを待とう」

「地面の大きな穴に迷彩がほどこされていて、そのなかにエイルマンの家がある。いま発てば、日暮れまえに所定の位置につける」

「これを夜やるつもりか？」デッカーはいった。

「身を隠して近づけるのは東側三キロちょっとまでだ。日中、真っ平らな土地を横切るのはごめんだ。カートが見ていたなら、こっちがまともに撃てないところで向こうから撃ってくる」

「別のアプローチを考えたほうがいいかも」デッカーはいった。「日中やれることを」

「どんな？　まわりには平坦《へいたん》な土地しかない」

「前回スカイダイビングをしたのはいつだ？」

第三部

40

デッカーは、セスナ182のパイロットと右側ドアのあいだのフロアに、うしろ向きで座っていた。その向かいでピアースが胸元に取りつけたパラシュートバッグに両膝をねじこんで座っている。彼がにやりとして首を横に振った。

「なんだ?」デッカーはいった。

「おまえに説得されてこうなったいきさつを考えていた」間断のないエンジン音に負けじと、ピアースがいった。

「おまえだってやろうといったんだぞ。覚えてるか?」

「もっとましな案はあったのに」

デッカーはスカイダイビング用装備の奥で肩をすくめた。「とにかく、最悪の案じゃない」

パイロットが彼の肩をぽんとたたいた。「あと約八キロ!」

彼は右手首に巻いたガーミン・フォアトレックス601を確認した。現在、降下地域まで八・五キロ、高度三千メートルだ。計画では、目標まで一・六キロの地点で飛行機を飛びだし、降下しながら接近、目標上空およそ三百メートルで開傘《かいさん》する。軍隊の高高度降下低高度開傘《HALO》を真似た戦法だが、高度はずっと低いので酸素マスクは必要ない。

デッカーはパイロットに親指を上げて合図し、ドアの近くへ移動した。現在の速度だと二分以内に降下地点へ達するだろう。三十秒まえにパイロットは飛行機の速度を半分の時速百二十キロまで落とし、円滑なジャンプに備えた。

パイロットはいまになっても任務に確信が持てないようだった。話を持ちかけられたとき、彼は二の足を踏んでいた。私有地上空で外部の人間ふたりを降下させてもいいものかと明らかに不安なようすだったが、デッカーの予備資金のかなりの額が入った分厚い現金封筒のおかげもあり、彼らは滑走路から離陸した。いまになってパイロットが仕事を放棄しても、できることはたいしてない。せいぜい銃を突きつけることくらいだ——作戦続行のためならデッカーはそうするつもりだった。

ジッパーつきのカーゴポケットのひとつに拳銃をいれておいた。地上に降りたつまで、すぐに手にできる武器はそれだけだ。ふたりともライフルは解体し、パイロットに見られたら九一一通報されそうなその他の装備といっしょに、パラシュートバッグに詰めていた。タクティカルベスト。ドロップホルスター。予備のライフルの弾倉。暗視ゴーグル。銃撃戦に持っていくようなもの。

一分後、速度が著しく落ちた。デッカーが飛行機のドアをあけると、冷んやりした空気が渦巻きながら客室になだれこんだ。風にさらされた翼端の下で、濃いオレンジ色の夕焼けが地平線を照らしていた。地上はずっと暗いだろう。地上にいる人間からすれば太陽はすでに沈んで見えない。

心拍数をこれ以上あげたくなかったので、デッカーは、驚くほど美しい遠くの風景に目を向けたままでいた。これまで数百回と自由落下したことがあるとはいえ、前回降下してからしばらく時間があいており、そのブランクから生まれた制約をひしと感じていた。スカイダイビングはむずかしくはないが、装備や手順の点検にもう少し時間をかけたかった。自転車に乗るのと同じだとピアースはいうが、自転車は時速二百キロ弱で地面に落ちたりしない。はじまれば、ミスを許容するゆとりはほとんどない。

「三十秒!」パイロットがいった。

デッカーはその合図を自分のガーミンで確かめてから、じりじりとまえに進んで両脚を機体の外にぶらさげた。ガーミンと左手首の高度計をちらりと見て、表示が同じであることを確認した――いまだ。空中で姿勢を安定させたら、高度は高度計で、方向はガーミンで確認する。GPSの高度更新率は高度計より遅いので、ピアースがそのふたつを使用しようと主張した。そうしたことがまわりまわって、ミスをしてもどうにかなるゆとりになる。

「地上で会おう」ピアースがいい、デッカーの肩をたたいた。

「できれば会いたくないけどな」デッカーは軍隊最古の、ひょっとするともっともつまらないジョークのひとつをうっかり口にしてしまった。

デッカーは何度か深呼吸しながら、大方の人間が見たこともない静かな日暮れの風景に集中した。パイロットにヘルメットをたたかれたときには、気持ちはほぼ落ち着いていた。

「標識上空に達した！　行け！」

デッカーはうなずくと機体の外に飛びだし、ただちに飛行機から離れた。二、三度回転してから、腹を地面に向けた姿勢をどうにか保ち、身体を押しあげる空気を感じた。そのあと数秒間、新米のようにふらふらしながら腕と脚の位置をあれこれ試した。ピアースが視界の右端に見えたときには、デッカーは安定した降下に入っていた。

高度計に目をやり、すでに六十メートルほど降下したことを確認した。この降下率では、パラシュートをひらかないと一分以内に地面に激突する。チクタク。ガーミンを見て、光る矢印が正しい方向から九十度ずれていることがわかった。上腕を何度か動かして、身体を降下区域へ向けた。ここからがむずかしい——降下区域へ向かって滑空する。

デッカーのスカイダイビング最盛期には、滑空率一対一で空を移動できた。つまり、縦方向に三十センチ落下しながら横方向に同じだけ進む。今夜は一対二で滑空できればいいほうだろう。となると、ただちに降下区域をめざさなければならない。同時に同じ結論に達したピアースが両腕を身体に沿って伸ばし、不安になるほどの降下率で突進していった。デッカーはためらった。一秒でも遅れれば地面との距離をさらに失うことになる。

「くそ」彼はつぶやいて、両手が太腿にあたるまで両腕をうしろにまわした。

即座に前進して、距離がひらいていくいっぽうのピアースを追いかける。消えゆく最後の残照でピアースの姿を見ながら、デッカーは姿勢を微調整して十分な前進速度を確保し、急速にひらいていた間隔を止めた。滑空をはじめるまえにガーミンを確認し忘れたので、降下区域上空までの移動は完全に友人頼みだ。

ざっと三十秒ほど滑空したのち、突然ピアースが上昇しはじめた。デッカーは両腕を前方へまわして滑空を抑え、ピアースと高度をあわせた。高度計によれば地面からの高度は約五百二十メートル。ガーミンによれば、目標地点真北の降下区域《ＤＺ》まで七百六十メートルちょっと。すばやく計算して両腕をうしろにまわし、四つ数えてから、安定した腹ばいの姿勢に戻った。高度三百メートル。ＤＺまで六百メートル。ピアースはどこにも見えない。

　デッカーは身体に沿って右側をちらりと振り返り、パラシュートバッグから突き出した明るいオレンジ色のパイロットシュートのハンドルを確かめた。それを引き、できるだけ手を伸ばして右の外側へ引っ張った——彼の身体は猛烈な勢いで引きずられたが、ほっとしたことに上方へだった。一瞬の激しい上昇が意味することはひとつ——パラシュートがひらいたのだ。

　数秒後、デッカーはメインハーネスラインからぶらさがるトグルをつかみ、ガーミンのバックライトを使って正しい方向へ進みながらパラシュートをしっかりと操作していた。ＤＺへのコースに乗ってから空をさがすと、自分の上に四角いものが見えた。できるだけＤＺへ近づこうとした最後の努力により、また先頭の位置に戻れたらしい。

　デッカーは濃い錆色《さびいろ》の地表を眺めわたしたが、衛星画像で見たものに多少なりとも似たものを認めることはできなかった。真上から撮影された写真でかろうじてそれとわかった程度なので、日暮れどきに斜め上から見つけるのはほぼ不可能だろうとは思っていたが、なにかしら見えるのではないかとも期待していた。ちらつく光でもあれば、テキサスのど真んなかにむだに降下したわけではないという希望を与えてくれるだろう。

高度百二十メートルで光は消えた。ダークブルーのたそがれに飲み込まれた。デッカーはガーミンを確かめ、左のトグルを引いてコースを最終調整し、矢印を真正面へ向けた。索具のまえに装着したパラシュートバッグの取り外しハンドルを探ってから、最終アプローチにかかった。ピアースは降下しながら高度を下げたらしく、彼のすぐ横に降りてきた。高度計では地面から《AGL》の高度三十メートル。

十五メートルＡＧＬでデッカーはパラシュートバッグを外した。それは彼のハーネスにやんわりと重みをかけて、痩せた地面すれすれを飛んだ。地面がせまってきたのでトグルを引いてパラシュートを少し上向けて浮かせ、なめらかに両足で着地した。喜びはつかのまだった。しぼみかけたパラシュートが西からの強風をはらんで身体が持ちあげられ、ようやくハーネスをはずしたときには四十五メートルほど引きずられていた。

体内の骨が全部折れたかもしれないと思いながらデッカーがぼんやり横たわってい

ると、黒い人影が遠くに出現し——彼のほうへ歩いてきた。デッカーは身体を起こし、拳銃が入っているカーゴポケットのジッパーをあけ、手で探った。ポケットからようやく銃を抜いたとき、力強い手が彼の手首をつかみ、銃を下に押しやった。

「ライアン。おれだ」聞き慣れた声がいった。「銃を放せ。おれを撃つつもりか」

デッカーは銃を太腿の上に落とした。「すまん。いまちょっと混乱していて」

「折れたのか？」

「わからない」彼はいった。「折れてはいないと思う」

「引っ張り上げてやる」ピアースはいって、彼の両手をつかんだ。「いいか？」

「よし」デッカーはいって、痛みを覚悟した。

ピアースは彼を立たせた。「どうだ？」

「いてっ」デッカーはいい、脚を動かしてみた。「だが、折れてはいない」

「さっさと取りかかるぞ」ピアースはいい、ナイロンひもをデッカーの手に押し込んだ。「これを伝ってパラシュートバッグへ行き、目標地点へ出かける準備をしろ」

「目標地点はどっちだ？」デッカーはいった。「すまん」

ピアースがデッカーの左を指さした。「その方向約百メートル。ちょっとした斜面を登り切ってすぐだ」

「向こうからはこっちが見えないだろう」デッカーの頭がはっきりしてきた。「着地を見られていなければな。だから早く取りかからないとならない」

「斜面の下で落ち合おう」

ピアースが自分のパラシュートバッグを探しに行き、デッカーはひもをたどって中身がぱんぱんに詰まったダッフルバッグ形の入れ物にたどり着いた。オレンジ色とライトブルーの地平線に向かって十五メートルほど行ったところに落ちていた。バッグのジッパーをあけ、ライフルのふたつの部品をまずとり出した。優先事項だ。ボルトキャリアやチャージングハンドルまで引っ張らないように、アッパーレシーバーの背のテープを慎重にはがす。パラシュート降下しても全部が無傷だったことに安堵《あんど》しつつ、ローワーとアッパーレシーバーを連結し、ピンでしっかり固定した。

チャージングハンドルを引いてそれを解除してから、スイッチを〝発射〟にはじいた。いまのところ、すべて問題ないと感じた。トリガーをすばやく押さえるとライフルの内側でカチリという音がした。完璧だ。カーゴポケットからばらの三十発入り弾倉をとり出してライフルに挿入してから、チャージングハンドルをまた引いて戻した。安全装置をかけて、バッグの横の地面にライフルを置いた。

つぎに防弾ベストを手に取った。パラシュート降下の際にほかの装備品を傷つけるといけないので、重さ約三・六キロの金属プレートは持ってこなかった。だから現時点では防弾ベストではなく、実質的には弾薬ベストだ。ベストは胴体にぴったりフィットした。そしてバッグから最後の道具をとり出した。暗視ゴーグルだ。

デッカーはヘッドマウントを頭につけてあごのストラップを留め、ひもをきつく締めた。ヘッドマウントにPVS－14単眼暗視鏡をセットして電源を入れ、周囲をさっと見て作動を確認した。ピアースがすでに目標へ向かって進んでいる。暗視鏡を上げて顔からはずすと、合流地点へと歩を進めた。

41

ガンサー・ロスは安物のごついオフィスチェアに背をもたせかけた。作戦センター・チームの装備品といっしょに倉庫に届けられたものだった。ロバート・クーパーの分析チームの頭上に設置された大スクリーンに目を向け、成果も出ていないなか、ハーコートはいつまでこれを続けさせてくれるだろうかと思った。デッカーと、こちらが把握しているマッケンジーのビジネス・パートナーたちは、二日まえの夜に消息を絶ち、その後四十八時間ずっと網にかからないでいる。デッカーが持っている資《リソー》源《ス》を考えれば、たいした離れ業《わざ》だと認めざるをえない。自分でもこれほど見事に消息を絶てるか、ロスには自信がなかった。

マッケンジーの組織の顧問弁護士であり協力者と思われるジェシカ・アーネイは、姿を消してはいない。彼女がそうしているのは、人身売買や家庭内暴力の犠牲者の擁護に特化した複数の救助組織の代理人として、時間的制約のある決まったスケジュールにしたがって仕事をしているからだろう。彼女をつかまえようかとも思ったが、やめておいた。アーネイはほかの連中の潜伏場所を知らないだろう。彼が気づいていなかった関連性をいくつか明確にしてくれるかもしれないが、人目につく拉致事件を起こしてまで入手するほどの情報ではない。アーネイはどこへ行くにも、こっちも生死を覚悟しなければ無力化できそうもない真剣な面持ちの警備チームに守られていた。やるとすれば最後の手段になる。

　彼らは街を出たのだろうかという疑問が、脳裏に浮かんできた。表面的には意味は通るものの、マッケンジーもデッカーもただ逃げたりはしない、となにかが告げていた。デッカーには身を隠すことのほかにも、興味を抱いているものがあるとわかったあと、ロスはチームを派遣して、ノースカロライナにいるデッカーの疎遠の娘とミネソタにいる彼の両親の所在を確認させた。いずれも見つからなかったと報告が来た。どんな手を使ったのかは知らないが、デッカーはあの状況から家族に累《るい》がおよぶのを食い止めた。おそらくマッケンジーが助力したのだろう。デッカーは人質に取られるのを防いだ。つまり、まだ終わりにするつもりはないということだ。

　電話が鳴った。発信者番号はデレク・グリーンであることを示している。少しあとでグリーンに電話して、カート・エイルマンを連れてこいと指示するつもりだった。

もう一日たりとあの男をあそこへとどめておくことに意味はない。ガンサーは電話に出た。

「やあ。朝までにエイルマンを連れてきてほしい」ガンサーはいった。

「それまで待てないと思います。エイルマンの隠れ家の北にパラシュートがふたつ降下しました。あなたは正しかった。デッカーはつきとめたようです」

「信じられない」ガンサーはいい、立ち上がった。「どこに着地した?」

「監視チームは確認できなかったといっています」グリーンがいった。「着地してすぐに見えなくなりました。HALOのようですね。かなりの低高度で開傘。飛行機のエンジン音は聞いていません」

「目標地点の真上に着地して、すでに突破した可能性は?」

「それはないと——ちょっと待ってください」グリーンがいった。「ノーです。彼らは移動を再開しています。どうしましょう?」

「予想される脱出ルートは?」

「あそこの地理はまったくわかりません」グリーンがいった。「夜間、地面からわずかな光が漏れていることと、ときどき赤外線が感知されることをのぞけば、道があることさえわからないでしょう。あとは道から離れていく山道があるだけです」

「わかった。目標を攻撃しろ。つねに連絡を絶やすな。リアルタイムで情報がほしい。攻撃チームの突入までの時間は？」

「十から十五分」グリーンがいった。「数キロ離れたモーテルの裏に車両を集結させました。そこから土の山道で目標までさらに八キロ。途中、監視チームを拾っていきます」

「用心しろ」ガンサーはいった。「デッカーがだれを連れてきたかわからない」

42

デッカーはライフルを傾け、手首に巻いたガーミンを見た。ターゲットの北端まで三メートルに迫ったが、目の前に見えるのはテキサス中部に広がるやせた平地だけだった。カート・エイルマンがここにいるとすれば、この場所を偽装した手並みはまったく見事としかいいようがない。彼はさらに二、三歩進んでから片膝をついてピアースに合図した。友人が近づいてきて、三十センチうしろでしゃがんだ。

「おれはまちがっていたのかもしれない」ピアースが小声でいった。

「ここになにかあるのはたしかだ」デッカーはいった。「あるはずなんだ。衛星写真のタイヤの跡は円の反対側で消えていた」

「なにをするにしても早くやらないと」ピアースはいった。「おれたちは丸見えだぞ」

〝丸見え〟は控えめな表現だった。

「こっち側に引き戸かなにかあるはずだ」デッカーは左右をじっと見たが、目のまえの地面が作り物であることを示すものは見つからなかった。

「タイヤ跡まで行ってみるか」ピアースがいった。

「待て」デッカーはいい、顔の左側に暗視装置をおろした。

前後にパンしながら緑色の映像を注意深く見ていく。なにもない。あきらめかけたとき、目標地域の手前、車両が出入りできそうな大型ドアがありそうだと目星をつけたあたりに、小さな光が見えた。

「あった。目標の反対側にかすかな光」デッカーはそういって立ち上がった。「いかれてるぜ」

その映像をじっと見ていると、光がはっきり見えてきて、やがて、エイルマンの地下施設の円形の外周がぼんやりと浮き上がってきた。衛星画像から割りだしたその円の直径は約二十三メートル、広さはざっと三百七十平方メートルだ。

「やっと見えたぞ」ピアースがいった。「あいつがこの場所のことで口を滑らせなかったら、永遠に隠しておけたというのにな」

「それが問題になるころまで生き残れる者などいないと思っていたんだろう」

「ハッチや開口部はまだひとつも見えない」

「おれもだ。が、なにかあるはずだ」デッカーはいった。

「こんなことでは、ひと晩中かかるぞ」

「そんな時間はない」ふたりの背後で声がした。

デッカーははっとし、手をそろそろとライフルのグリップへ動かした。

「急に動くな。おまえらふたりともに狙いをつけている」

「エイルマンか?」デッカーはいった。

「そうだ」エイルマンがいった。「デッカーの声はわかるが、もうひとりはだれか……」

「ピアースだ」

「なるほど。アイダホであんたが死んだという話はあまりピンと来なかったからな」

エイルマンはいった。

「足跡を消すためとはいえ、おれはひと家族を皆殺しにするようなことはしない」

「おれはあの家族を殺してなどいない」エイルマンがいった。「市の検死官に、使えそうなものがあれば知らせてくれとカネをつかませた。グスマン一家は自宅で窒息死だ。事故だよ。不良品の点火用バーナーのガス漏れ。おれがあんなことするわけないだろ」

「おまえの仕業だといっても、それほど突飛だとは思わないが」

デッカーは使える手を考えた。いきなり伏せて身をよじって撃ちまくる。エイルマンのライフルはとっさにデッカーを追うだろう。被弾するかもしれない。しないかもしれない。だが、ピアースの弾《たま》はまちがいなく命中する。無傷で窮地《きゅうち》を抜け出す見込みは五分五分か。もうひとつのシナリオより見込みはあるが、なにかが彼を引き留めた——自衛本能ではない。

「『そんな時間はない』といっていたが、どういう意味だ？」デッカーはいった。

「この二、三日、おそらくここは監視されていた」エイルマンがいった。「あんたらもその監視グループの一員なら話は変わるが、こんなドラマチックなご登場があったからには、連中も動かざるをえなくなるだろう」

「おれたちはふたりだけだ」

「それならあまり時間はない」エイルマンはいい、ライフルを肩にかけてふたりの横を通りすぎた。「下へ行くぞ」

ピアースとデッカーは同時にライフルをかまえた。エイルマンがふたりを見つめた。その顔は緑色の画像となってぼやけた。

「あんなことになってしまって、自分を許すことはない。あんたたちも許してくれないだろう」エイルマンはいった。「だが、あんたらや家族を危険にさらすつもりはなかったんだ」

「ならなぜ?」デッカーはいった。「なぜやった?」

「下へ行こう」

「答えを聞くまで行くことはできない」

「家族に危害を加えると脅されたんだ」エイルマンがいった。「脅しだけで済むと思ったおれがばかだった」

「連中はどこまでやることになっていた?」

「彼らはおれたちの救出作戦の最新情報をほしがった。それだけだ。イージスに雇われて、おれたちが任務をしくじらないように見守る傭兵グループだと思った。おれたちが失敗したときのために、独自に襲撃チームを待機させているんだと。保険として。連中もやばい状況にあった。だろ? おれたちを雇ったのはジェイコブ・ハーコートだ。ハーコートにとっては、おれたちがなにかやりそこねたり、救出に失敗しないようにするのが最優先だ」

「ハーコートは、こっちの進行状況をダブルチェックしたいから連絡係を置きたいといえば済んだ話じゃないか」デッカーはいった。「家族に害がおよぶぞと脅されて、なにかおかしいと思わなかったのか?」

「遠回しの脅しがあそこまで飛躍するとは思っていなかった」

「それほどの飛躍とは思えないが」デッカーはいった。「おれに話すべきだったんだ。すぐに止めてやったのに」

「どういえばいいか、わからないよ、デッカー。すまなかったとしか」エイルマンがいった。「もうなかへ入っていいか?」

「だめだ。ここにいて危ないとは思えない」デッカーはいった。「なにか見えるか、ブラッド?」

「遠方まで異常なし」

「いるんだ。南の、敷地と道路が接するあたりに」

「そんなことより」デッカーはいった。「FBIにどう対処しようと考えていたんだ?」

「なにも考えてなかった。みんなと同じように驚いただけだ」エイルマンがいった。

「なあ、おれが悪かったよ、ライアン。あいつがやってきたとき、すぐにあんたに知らせるべきだった。成り行きにまかせすぎた」エイルマンが溜息をついた。「あんたに情けをかけてもらえるとは思っていない」

「情け?」

「おれを殺しにきたんだろ」

「この惨事で家族が崩壊するのはもうたくさんだ」デッカーはいった。「おれは情報がほしくて来た。この禍根《かこん》を作った人間に責任を取らせてやる」

「ファイルがある」エイルマンがいった。「ずっと苦しかったんだ」

「おれもさ」

「わかるよ」

「いや。おまえにはわからない」

「すまん。そうだな」エイルマンはいった。「さあ、なかへ入ろう」

「今回の裏には、なんらかの形でロシア人がいる」デッカーはいい、エイルマンをためした。この裏切り者が知っていることをある程度把握するまでは、エイルマンの穴蔵へ入る気はなかった。ほんのかすかでも不信を覚えた時点で、ためらうことなく言葉どおりこの男を殺す。

「ロシア人は利用されたんだ――おれみたいに」

「イージスが関わっていると思った理由は?」デッカーはいい、ピアースをちらりと見た。「そもそもおれたちを雇おうといったのはジェイコブ・ハーコートだぞ」

「知らない」エイルマンはいった。「だが、この裏にいる人物とおれとを仲介した男をどうにか特定した」

「ガンサー・ロスか？」

「いや」エイルマンがいった。「何者だ、ガンサー・ロスとは？」

「おれに嘘をつかないほうがいい」

エイルマンがデッカーに二、三歩近づいた。そこに反抗の気配はなかった。ただ自信を持って話しはじめた。「ガンサー・ロスという名前は聞いたことがない」エイルマンがいった。「おれのハンドラーはクリス・バートンという名で通っていたが、おれの見るところでは、ほか全員とともに始末された」

「ほかも殺されたのか？」

「数えたら不慮の死か原因不明で失踪したものは三十一人いた。全員が、過去にイージスの子会社となんらかの関係があった。おれのハンドラーはそのうちのひとりだった。だから調べはじめたんだ。スティール事件とのつながりをすべて断ち切りたいと望んだ者がいた」

「ヘメット作戦だけにしては数が多すぎる」ピアースはいった。

「その多くはほかのことに関与したんだと思う」エイルマンがいった。

「〝ほかのこと〟とは家族の殺害か」デッカーはいった。

「おれはそう考えている。確たる証拠はひとつもないが。この二年、来る日も来る日も、おれが引き起こした悪夢の意味をずっと考えてきた」

「いくらもらった?」ピアースがいった。

「カネなど要求しなかった。いっただろ、家族をネタに脅されたと」

「質問に答えていない」デッカーはいった。

「カネめあてじゃなかった」

「だが、受けとったんだな?」デッカーはいい、ライフルを持つ両手に力をこめた。

「受けとれといってきかなかった。おれにはどうしようもなかった。それに、くれないのはわかっていた」

「もらってないのか?」

「前金で十万もらった」エイルマンがいった。

「事後にいくら約束された?」

「百万」エイルマンがいった。「その数字はでまかせだと思ったよ」

「もらわなかった?」

「ああ」エイルマンがいった。「みんなと同じ夜に自宅を襲撃された」

「でも、あんたはすでに家族を逃してあった」デッカーはいってライフルをおろした。

「そうだ」

「おれの家族がどうなったか知ってるな?」

エイルマンはうなずいた。

「どうしておまえだった?」ピアースがいった。「イージスはなぜおまえに近づいた?」

「ほんとうに知らない。おれも知りたい。知ったからといって、どうなるわけでもないが」

「巨額の借金とか不利な投資に手を出したとか?」デッカーはいった。

「ない。なにもかも――完璧だった」エイルマンの声がひっくり返った。「なんでおれが選ばれたのかわからない。納得できなかった」

すべての責任をエイルマンに押し付けたいのはやまやまだが、デッカーにはできなかった。こいつの話は筋が通っている。エイルマンが嘘つきの達人でないかぎり、心から悔いているように見える。

「たぶん理由はわかった」デッカーはいった。「急襲作戦のあの夜、おまえがひとりで救出チームの動きを見守ることを――そして、あの家が爆発したらおまえが逃げることを、どういうわけか彼らは知っていた。おまえに現場から逃げてほしかった」

「すぐにおれを消せるように」エイルマンがいった。「イージスにつながるものを絶ち切ろうとした」

「おまえだけはＦＢＩに拘留させたくなかった」デッカーはいった。

　呼び出し音が割りこんだ。

「ベストに電話が入ってる」エイルマンはいった。「取っていいか？」

「こんなところに電話がかかってくるのか？」デッカーはいった。

「警備システムをスマートフォンで管理している。ワイヤレス接続を使って」エイルマンがいった。「携帯電話の電波は、ここを中心として十六キロの範囲には届かない」

「取れよ。ライフルから両手を離しておけ」デッカーはいった。「いや。ブラッド。受けとってくれるか？」

　エイルマンが肩からライフルのつり索を持ち上げ、ピアースに手渡した。

「これで撃たれずにスマートフォンをチェックできるか？」

「ああ」デッカーはいった。

　エイルマンは防弾ベストの上のほうについているパウチに手をいれ、光る電話をとり出した。画面をじっと見てからいくつかボタンを押す。

「客が来た」エイルマンがいった。「複数の車両がゲートを通過した」

「何台だ？」デッカーはいった。

「十台」

「ここに来るまでの時間は？」

「次のセンサーが拾うまではっきりとはわからない」エイルマンがいった。「だが、距離は五マイルだ」

「道路はかたいのか？」

「とてもかたい。頑丈な車両なら時速百キロ弱出せる」

「とても頑丈だろうし——装甲で強化されているだろう」デッカーはいった。

「せいぜい五分だな」ピアースがいった。

「五分でなにをする？」デッカーはいった。「どこへも行けないぞ」

「そうともいえない」ピアースがいった。「ここは目を欺《あざむ》くところだ」

「どう欺くんだ？」

「うしろから忍び寄って欺く」エイルマンがいった。

ピアースがくすくすと笑った。「最近、こいつは忍び寄られてばかりなのさ」

「悪かったな」デッカーはいった。「トンネルが二、三本あっても、三十人以上の傭兵にはたちうちできないぞ」

「なら、勝ち目を五分五分にするしかないな」エイルマンがいった。

「どうするというんだ？」ピアースがいった。

「道路がかたいとはいったが、安全だとはいってない」エイルマンはいい、腰をかがめてハッチをあけた。「急がないと」

デッカーはエイルマンのねぐらへと下りる照明のついた穴を見つめて、これは失策だと思った。いまも地面に着地したときと変わらず、この男を信用していない——エイルマンは釈明し、謝罪したとはいえ。三人のうちひとりは、その穴から出られないような気がした。

「ウサギの巣穴へ入るのか」ピアースがいった。「お先にどうぞ」

「ほかの手があるはずだ」デッカーはいった。

「ない」エイルマンがいった。「下にいけば可能性はある」

デッカーは周囲の地平線を見渡し、やれやれと首を振った。「まさにウサギの巣穴」彼はそういうと、はしごを下りていった。

43

道をあけるためにはしごの中ほどから飛び降りたデッカーは、ほこりっぽい地面に着地して大きな衝撃を受け、その衝撃を受けとめた両膝は、彼の体格と装備の重みで音を立てた。最善のやりかたではないが、五分などあっというまだ。一秒もむだにできない。彼が身体を起こすまえにエイルマンが一メートルほど離れたところに飛び降りて横に転がり、すぐあとでピアースがネコのように地面に降り立った。

デッカーはあたりを見まわした。三人がおりたのは、平らに均《なら》された細長い地面の端だった。この平らな通路が、天井まで土を固めた四方の壁に囲まれた地面に走り、中央に水たまりとブランコがあり、四輪駆動車の一部を彼の視線から隠している。ジープ・ラングラーと車種のわからないSUVが一台ずつ、急傾斜のスロープの手前に停まっている。スロープは円形の地面の向こう側の天井まで続いている。

高さおよそ六メートルの木材の天井は、木の梁《はり》と強化金属の支柱からなる大がかりな構造で支えられていた。梁からぶらさがる照明器具が広々した空間を光で満たしている。この光がほとんど屋根から漏れていないことに、デッカーは驚いた。天井のなかほどにある金属の支柱からガレージ・シャッターをあける道具がぶらさがっている。シャッターは車両のすぐ上までひらくようになっている。

一見したところ、この施設に感心せずにいられなかったが、畏敬《いけい》の念はすぐに薄れて哀《あわ》れみとなり、エイルマンに対する怒りがまた少し弱まった。

「ここで二年間暮らしたのか？」デッカーはエイルマンに顔を向けていった。

「ほとんどは。見た目ほど悪くはない」エイルマンがいった。本気でいっているとは思えない声色《こわいろ》だった。

「そうか」

「長期的にはどんな計画を考えていた？」ピアースがいった。

「ここに五年潜伏して」エイルマンがいった。「すべてが消えるのを待つ」

「たいした計画じゃないな」デッカーはいった。「たいした暮らしでもない」

「おれにはこの程度でいいのさ」

デッカーはエイルマンに向き直った。「おまえを許すことはないが、この件にけりがついたら、家族とふつうの暮らしを送ってもらいたい。家族までこんな暮らしをするいわれはない」

エイルマンの電話がまた音を立てた。「一・六キロ地点を過ぎて、時速約百十キロで移動中」

「ここをどうやって守る?」デッカーはいった。

「守らない」

「くそったれ」ピアースがいい、はしごに戻りかけた。

デッカーがそのあとに続こうとした。

「考えがある」エイルマンはいった。「だが、ここをアラモ砦に作り変えはしない。時間を稼ぐ」

「なにをするための時間だ?」デッカーはいった。

「ここを出るための時間」

「そこにある車両を使って逃げるつもりなら、さっさとやろうぜ」ピアースがいった。

「ちがう。もっといい考えがある。こっちへ」エイルマンはいい、地下構造の左側にある戸口へと向かった。

ピアースが大きな疑念に満ちた目をデッカーに向けた。

「わかってる」デッカーはいうと、エイルマンを追った。

エイルマンはドアのところへ行くと、ハンドルをつかみ、動きを止めた。

「足元に気をつけろ。地面から三十センチばかり高く作ってある」エイルマンがいった。「ここは雨はあまり降らないが、降ると、排水システムでは、雨水を処理しきれない。気候が急変すると、ここ全体が浅いプールになるんだ。子供たちは大喜びするが」

デッカーは高くなっている縁《ふち》をまたいで天井の高い部屋へ入った。田園地方でよく見かけるリビングルームのようだ――ただし窓はない。その代わり、ありふれた南西部の風景画が、中央の土間に面した壁に描かれていた。エイルマンのあとから広いリビングを抜け、やはり設備の整ったキッチンへ入った。そこもやはり、外側の壁に壁画が描かれていたが、ここのはパステルカラーの屋根と係留されたヨットの並ぶカリブ海沿岸の風景だった。

「典型的なテキサスの風景じゃないが」エイルマンがいった。「いつかそこに行きたいと思っている」

「ここの空気はちがうな」遅れないように急ぎながら、デッカーはいった。

「どちらの家も温度調節されてる。別棟は主にエネルギー供給用だ」エイルマンがいった。「だいたい標準的な湿度で保たれている。二棟のあいだの空間は地下だから通年でそこそこ涼しいし、家は入念に断熱されている。練り土壁だ。だが、ここは一年を通してからからに乾いている」

　エイルマンが別の戸口に消えると、ピアースが背後でささやいた。「別の惑星で暮らしているみたいだな」

　デッカーは肩をすくめてから、コンピュータ・モニター多数と点滅する電子機器の置かれた棚がいくつかある、広々したオフィスへ入っていった。エイルマンは湾曲した大きなモニターのまえにすでに腰かけて、キーボードを打っていた。デッカーとピアースが部屋に入っていったときには、色分けされたオーバーレイとさまざまな記号のついた敷地の衛星地図が表示されていた。

「うわあ。『スター・ウォーズ』の地下住居みたいだな」ピアースがいった。「おかげでおまえを見つけたわけだが。それと、衛星画像も二千時間近く見たがな」

「だと思ったぜ」エイルマンがいった。「いまこっちに向かっている連中もたぶん同じようにしたんだろう。オーウェンおじさんみたいに暮らすつもりだというジョークが、おれの十八番《おはこ》だった」

「オーウェンおじさんというのはだれだ?」デッカーはいった。

「まさか知らないのか?」ピアースがいった。「おれでもオーウェンおじさんぐらい知ってるぞ。最初の『スター・ウォーズ』の映画に出てくるルーク・スカイウォーカーのおじさんだよ。タトウィーンで涼しい地下住居に住んでいた」

「そのシーンは見逃したんだろうな」デッカーはいい、エイルマンの肩に顔を寄せた。「そこに映っているのはなんだ?」

「彼らが連絡道路沿いのセンサー網にとらえられた」エイルマンがいった。「そのあとここから六・五キロ先にあるセンサーにも感知された」

「そのほかのやつはなんだ?」デッカーはいった。

「それもセンサーだ」

「いくつあるんだ?」

「道路沿いのか?」

「敷地内にあるもの全部」デッカーはいった。「これが唯一の脅威だと、どの程度信じていいんだ?」

「家を中心にして半径八百メートルの環状にモーションセンサー網がある。だから、まただれかがパラシュート降下でもしないかぎり、不意をつかれることはない」

「おれたちが来たことをどうやって知った?」デッカーはいった。

「家族と夕焼けをながめていたのさ」エイルマンがいった。「飛行機の音が聞こえて、パラシュートが目の端に見えた」

「暗くなってから降下すべきだとはわかっていたんだが」ピアースがいった。

「家族はどこにいる？」

「パラシュートを見てすぐに逃した」

「おれはなにか見逃したのか？」デッカーはいった。「『スター・ウォーズ』の転送装置とか？」

「おいおい、デッカー」ピアースがいった。「それは『スタートレック』だ」

「ここから出るトンネルがある。だが、まずこいつらの足を止める必要がある」エイルマンがいった。「でないと計画はうまくいかない」

「ファイルはどうなった」ピアースがいった。

「忘れるところだった」デッカーはいった。

エイルマンがモニターの下のテーブルからUSBメモリーをさっと抜きとり、肩越しに差しだした。「全部そこにある」

デッカーはプラスティックのデバイスを受けとった。「紙のファイルはないのか？」

「おれはあまり出歩かないのさ。気づいてなかったかもしれないが」エイルマンがモニター横の壁際の棚を指さした。「あの棚にコピーしたものがある。念のために、手分けして持ったほうがいいんじゃないか」

ピアースがデバイスを受けとり、ベストの下のポケットに突っ込んだ。デッカーも同じようにしてから、画面に注意を戻した。「やつらは次のセンサーに近づいている」デッカーはいった。「五キロ地点か？」

「そうだ」エイルマンはマウスをクリックし、三キロ地点のセンサー列らしきものをハイライトした。

「死ぬまで見守ってはいられないぞ」デッカーはいった。「五〇口径のライフルとか、スタンドオフ型の武器が必要だ」

「二基ある」

「それを使うのか？」

「まだだ」

「一・六キロ地点で攻撃を開始しないと、この戦い《ラウンド》は勝てないぞ」

エイルマンは答えず、さらに何度かマウスをクリックして、センサー列のアイコンの色を緑色から赤色に変えた。画面の隅にボックスが出現し、〝三キロ準備完了〟の文字が点滅している。車列は五キロ地点を通過した。彼らを示すアイコンは次のセンサーへ向かっている。

「準備完了?」デッカーはいい、それが準備だけで終わらないことを願った。

「IEDは百四十メートル間隔で配置してある」エイルマンがいった。「必要なら、それを遠隔で爆発させることができる」

「装甲SUVを破壊する威力はあるのか?」

「破壊は無理だ。走行不能がせいぜいだ」

「最初の爆発のあと、敵は道路をはずれるぞ」ピアースがいった。

「最初と三個めのIEDのあいだに、道路から斜めに離れていく形で、小型IEDを二十メートル間隔で埋めてある。二、三度爆発させれば、敵は地雷原だと考えて停まるだろう」

「停まらなかったら?」ピアースがいった。「この連中にノーを突きつけても、聞き入れないぞ」

「それなら聞き入れるまで五〇口径ライフルを撃つさ。敷地周辺の三百六十度に、トンネルでつながっている砲門がある」

「この場所を作るのにどのくらいの時間がかかった?」デッカーはいった。

「長い時間さ。マレンコフの臨時収入のほとんどをつぎこんだ」

ウクライナ民族自決主義者グループからボリス・マレンコフの息子を救出した際、

ワールド・リカバリー・グループに、予想外のボーナスが転がり込んでいた——救出作戦に関与した十五名のＷＲＧオペレーターに千万ドルが平等に分配されていた。エイルマンは作戦全体を通して、現場でロシア語通訳として働いた。

「なぜだ？」デッカーはいった。

「この国は崩壊の危機にさらされていると思ったからだ」

「どんな危機に？」ピアースがいった。

「北朝鮮の電磁パルス《ＥＭＰ》攻撃。ロシアのサイバー戦。パンデミック。いろいろさ」エイルマンがいった。「ナショナルジオグラフィックチャンネルで『世界滅亡に備える人々』を観すぎたせいかもな」

「観た甲斐《かい》はあったようだな」デッカーはいった。

「だといいが」エイルマンはいい、画面に新しいウインドウをひらいた。そしてグレースケール映像をモニターの半分ほどまで拡大し、焦点を合わせた。三人が見ているのは赤外線カメラに映る接近する車列のライブフィードだった。

「カメラはどこに設置してある？」デッカーはいった。

「屋根の真んなかの小さな岩。画面を見てろ。あと五秒で一台めが吹っ飛ぶぞ。四。三。二。一。ドカン」

なにも起きなかった。

「五〇口径の出番——」

一瞬、画面が真っ白になってから、グレースケール映像に戻った。〝白熱〟の車両一台が路上で速度を落として停まり、そのうしろのSUVが激しい勢いで追い越していった。デッカーは画面を見て、テキサス中部で繰り広げられる現実とは思えない光景に釘付けになった。しばらくのあいだ家が震え、なにかが砕けるような音が聞こえてきた。

「ああ。ミスった。停まるはずだったのに」エイルマンは画像を拡大した。「次の爆発は——三。二。一」

また画面が真っ白になり、すぐに画面が戻ったと思うと一台のSUVが転がり、カメラフィードから消えた。突然、車列が停まった。多くは、次に爆発する車両とならないように列から大きく逸脱した。またドスンという音が家を揺らした。

「次はどうする？」ピアースがいった。

「敵が逃げてくれることを願う」エイルマンがいい、不安そうな笑い声をあげた。

あの連中が戦わずしてあきらめるはずがない。デッカーにはわかっていた。数秒後、懸念が現実となった。残る八台が四台ずつに分かれ——別方向へと道路を逸れていった。

「五〇口径はいつでも撃てるのか？」デッカーはいった。

「一基は南向きトンネルのなか。もう一基は武器庫」

「武器庫はどこだ？」

「おれたちが入ってきたドアを出て、この建物の奥へ行くと、上に出る金属の螺旋《らせん》階段がある。武器庫はその階段を上がったところだ。左側ひとつめのドア。ライトはモーション・センサーで自動点灯する。ドア・コードは七五一三だ」

デッカーは駆け出そうとしたが、画面に引き戻された。一瞬の閃光《せんこう》でまた赤外線カメラの映像がつぶれ、映像が戻ったときには不吉な展開が明らかになった。

「小さい方の爆発の隙間を強引に走ってくる」エイルマンがいった。

「とにかく、速度は落ちた」ピアースはいった。

「これでいくらか時間は稼げるが、やはり止める必要がある」エイルマンはいい、残りの爆薬を一斉に爆破させた。

周囲の振動音と遠くの爆発音の不協和音に包まれながら、デッカーは、せめて襲撃者たちが躊躇することを願った。ＳＵＶは噴き上がる土砂の奥に消え、数秒後にその幕から現われた。

「やってみる価値はあった」そういうと、エイルマンは立ち上がった。「そこの五〇を頼む。暗視スコープのついたＭＫ12もある」

「わかった」デッカーはいった。「どこで落ち合う？」

「会わない。あんたははしごをまた上って、屋根から発砲しないとならない」

「気にいらない」ピアースがいった。「ことによると、そいつはここから出て、ドアをロックするつもりかもしれんぞ」

「道路に面したトンネルは一本しかない」エイルマンがいった。「しかも、おれがぎりぎりうしろを向けるだけの幅しかない」

「屋根にあがればおれたちは丸見えだぞ」ピアースがいった。

「三基でやつらを攻撃するにはそれしかない」

「にっちもさっちも行かなくなったら、ここからどうやって逃げればいい？」デッカーはいった。

「武器庫から。銃を取りに行ったら、なかにドアがある。武器庫内のドアはそれだけだ。コードは同じ。そこを出てドアを閉めろ」

「もうコードを忘れてしまった」ピアースがいった。

「七五一三」デッカーはいった。

「武器はおれがとってくる」ピアースがいい、出ていった。

「すぐ行く」デッカーはいって、エイルマンのほうを向いた。「トンネルの長さは？」

「約四百メートル。ドアの裏に懐中電灯がかけてある」

「おまえが使うトンネルはどこだ？」

「スロープの頂上近くのど真んなか。木製のハッチがある」

「スロープにそんなものを作ったのか？」

「そのトンネルを抜けると、なにもさえぎられずに連絡道路が見える」エイルマンがいった。「やつらが屋根に乗り上げたら、こっちは狭い銃眼から体を外に出して、敵の背後から撃つ。あんたらに近づいたときもそうやった」

「こんなものをつくったなんて信じられないな」

「おれもだ」

「幸運を祈る」デッカーはそういい、エイルマンの肩に手を置いた。

エイルマンは落ち着かないようすでその手をちらりと見て、デッカーと視線を合わせた。デッカーは自分がなぜそうしたのかよくわからないまま手を引いた。

「すまなかった、ライアン」エイルマンがいった。「心からそう思っている。おれがなにをいっても、なにをしても、起きたことは元には戻らないが」

デッカーはうなずいた。答える言葉が見つからなかった。エイルマンに対する怒りはもはや赤々と燃えてはいなかった。

「USBメモリーの中に〝セオリーズ〟というファイルがある」エイルマンがいった。「〝プラエトル〟だと思う」

「どういう意味だ?」

「ファイルをひらけばわかるよ」エイルマンはいい、ドアの外に消えた。

44

デッカーとピアースがはしごを上っていって、追加の銃を手にしたころには、エイルマンの五〇口径ライフルの腹に響くような銃声が人工洞窟を揺らしていた。

「パーティに遅れたぞ」手の届く範囲でいちばん上の横桟をつかみながら、デッカーはいった。

「行かないよりはましだ」ピアースがいった。

デッカーははしごに足を置き、追加したバレット・ライトフィフティと弾薬の重みにあえぎつつ身体を引き上げた。肩にかけた十三キロ超のライフルには軽《ライト》いものなどなにもなかった――とくにはしごの上では。両腕に焼けつくような痛みを感じながら上り、天井に達するとハッチを押しあけた。敵が暗視ゴーグルをつけていれば、こっちは丸見えだ。

一瞬のち、弾丸一発が頭上を飛んでいき、すぐに何発か続いた。垂直に立てたハッチに一発もあたらなかったという事実から、猛スピードで走る車両から銃撃していると思われた。デッカーは開口部の両側に手をついてバランスを取り、残りのはしごを上って岩場に出た。這《は》って移動しはじめたとき、一発が木のハッチの上にあたって、なかから現われたピアースの頭の上に倒れかかった。ハッチはピアースの暗視ゴーグルにぶつかり、開口部の枠から数センチ上で止まり、完全に閉じることはなくなった。

デッカーはとっさに体を動かした。ハッチをあけるために身体を起こしたものの、連射された弾が頭のすぐ上を飛ぶので、地面にへばりつくしかなかった。走行中の車両から撃っているにしてはあまりにも精確な銃撃だった。またも頭の数十センチ上を弾が何発も飛んでいった。デッカーは身を伏せていれば、射手は正しい角度で撃てないと思い、仰向けに転がると、手を伸ばして取っ手代わりのロープをつかみ、ぐいと引きあけた。

「まだいるか？」デッカーはいった。

「いないといったら、帰っていいのか？」

「だめだ」デッカーはいった。「外に出てきたら身体をごく低く保て。いまはまだおれたちを撃てないらしい」

「いまはまだ？」

また飛んできた弾がハッチの蓋《ふた》にあたり、彼の手からロープの取っ手をもぎとった。頑丈な蓋が暗視ゴーグルにあたるまえにピアースが片手で受けとめた。「もうたくさんだ」ピアースはそういって穴の外へ出てきた。

ピアースはデッカーの横に這ってきて、ＭＫ12狙撃ライフルの二脚架《バイポッド》をセットし、自分たちのまえにライフルを置いた。デッカーは持ち場につくまで、五〇口径ライフルの用意をするつもりはなかった。その銃を背負わずに引きずっていくなどまさに悪夢そのものだ。遠くで響く銃声が、エイルマンの強力なライフルの連続する重々しい音と重なりあった。脱出に必要な時間を稼げるタイミングに間に合ったことを願った。

「用意はいいか？」デッカーはいった。

「たぶんな」ピアースがいった。

ふたりは姿勢を低くして石ころだらけの土地を這い、そろそろと六メートルほど間隔をあけた。こっちは銃撃戦の最中に意思伝達できるが、敵射手はどちらかの標的を意識的に選ばざるをえない距離だ。わずかに盛り上がった屋根の端の向こうで銃口が光り、そのあと銃弾の雨が彼らのまえの地面をたたいた。二、三発がデッカーの頭のすぐそばを飛んでいき、〝相手が見えれば、相手もこちらが見える〟という自明の格言を実感した。

「動かない射手を撃て！」デッカーはいった。「おれは動いている車両を撃つ」

デッカーが五〇口径ライフルを背からおろしたとき、ふたりのあいだで岩や土砂が跳ね上がった。デッカーはバイポッドを引きのばして自分のまえに大型銃を据《す》え、クッション付き銃床に肩をあてた。そして太い銃身越しにまえの地平線を見つめ、現状を知って顔をしかめた。

ひどくふぞろいな列をなす六台の車両が彼らに向かって走ってくる。いちばん近いSUVとは四百メートルも離れていない。近すぎる。ものすごい幸運に恵まれなければ、二十秒とかからずすべて終わる。コッキングハンドルに手をのばしたとき、銃撃はいっそう激しくなり、弾丸はデッカーのそばを飛び、周囲の地面を粉砕した。一発がライフルにあたって跳ね、肩をかすめた。

一瞬のち、ピアースのライフルが吠《ほ》え、飛んでくる弾が即座に減った。だいぶましになった。コッキングハンドルをしっかりと引いて、十発入り弾倉の最初の五〇口径弾を薬室に送り込んだ。車両退治のときが来た。デッカーは左腕で身体を支えて銃身を地平線と同じ高さに保ち、スコープのうしろで構えて最初の目標を探した。

濃さを増す闇にもかかわらず、デッカーは先頭のSUVをたやすく見つけ、スコープの光るレティクルを敵車両のフロントガラス中心に合わせた。トリガーをしぼっていくと、ライフルが肩で咆哮《ほうこう》を上げた。またスコープをのぞく――SUVはまだこっちに向かって走っている。さっきの銃撃で、助手席側のガラスにソフトボール大の穴があいていた。任務未達。

デッカーは照準を再調整してふたたびトリガーをしぼり、フロントガラスの真んなかに穴を穿《うが》ち、望みどおりの結果を得た。そのSUVは右へ曲がっていったので、ほかの車両に取りかかれるようになった。スコープから顔を離して次の脅威を探し、車列の右端の車両に決めた。デッカーがライフルを動かして標的に向けるまえに、そのSUVはエイルマンのセミオートマチック銃の銃弾を浴び、鋭い音をたてて停まった。

エイルマンを見習って、デッカーもすぐに次のSUVをスコープで捕捉し、黒いシルエットにすばやく三発を撃ち込み、同じ結果を出した。特大の車両は道をはずれて二、三秒間ふらふらと走ってから停まった。数秒のあいだに三つの目標が無力化されたので、デッカーは勝ちを意識しはじめた。

ライフルの銃身越しに次の目標を探しはじめたが、デッカーの望みはすぐに潰《つい》えた。接近していた車両は全部停まっていて、乗っていた傭兵部隊は装甲SUVの陰に隠れようと地上に飛び降りている。こいつはまずい。頭上を飛んでいく弾丸が急に増えたことが、その言葉の正しさを物語っていた。急襲車両を止めたはいいが、エイルマンの掩蔽壕《えんぺいごう》に近すぎる——傭兵部隊の精確なライフルの射程内だ。とにかく急襲車両の前進は止めた。止めていなかったら、事態ははるかに悪くなっていた。

「あと五秒かけるぞ！」ピアースがいった。

「大切に使え！」デッカーはいい、部分的に見えている射手にレティクルを合わせた。

直径一センチちょっとの飛翔《ひしょう》体が秒速千メートル近い速度で男に命中し、その胴体から片腕をもぎとって男を驚かせた。腕は宙を飛んで地面に落ち、跳ねて見えなくなった。次の銃弾はさっきと同じSUVのボンネットすれすれを飛んで、頭を吹き飛ばした。案の定、そのあとはひとつの目標も見つからなかった。

銃弾が装甲を貫通することはわかっていたので、車両に弾を撃ちこんでやるかとも思ったが、見えない目標に命中する確率は低い。そんなことをしても不必要な注目を自分に集めるだけだ。バレットの銃口炎はスポットライトのように地面を照らす。

「有効な目標がない！」ピアースがいった。「車両のうしろでなにやら動きがあるが、撃てるものはない」

「なにかたくらんでいる。スナイパーライフルでも出してくるんだろう」デッカーはいった。「少し引き返そう。ここにいるといいカモだ」

十三キロのライフルを引きずってもぞもぞと後ずさりしたとき、しばらくまえからエイルマンの五〇口径の銃声を聞いていないことに、ふと気づいた。

「最後にエイルマンの銃声を聞いたのはいつだ？」

「おれたちが発砲しはじめたころだ」ピアースがいった。

逃げたのなら、デッカーはあの野郎を追い詰め、殺してやるつもりだった。そのとき、暗視ゴーグルに一発の弾があたり、殴《なぐ》られたように頭が横向いた。

「スナイパー！」デッカーはいった。

「左から三台め。前方助手席側の地面で光った！」ピアースはいい、すばやく三発撃った。「援護する！」

デッカーはライフルをまわしてそのSUVに向け、スコープでとらえるとすぐに車両のフロントめがけて発砲した。ボンネットが衝撃ではずみ、前部がへこんだ。前輪近くの地面から銃火がほとばしったと思うと、ねらいの狂った弾が頭上を飛んでいった。デッカーはバンパーと地面とのあいだのスペースに緑色のレティクルを合わせ、動きを見た瞬間トリガーをしぼった。SUVの右側前方がつぶれ、弾が車両のうしろの土をけずった。

「ターゲットを倒《ダウン》した！」

散発的なライフルの発射音が車両と射手のあいだで反響した。銃弾の大半は彼らのずっと上を飛んでいくか、はるか手前の地面をたたいた。傭兵たちはさっと顔を出し、やみくもに撃って頭を下げていた。だれも腕――や頭――を失うリスクを冒したくないのだ。

「たぶん敵の動きを止めたぞ！」デッカーはいった。

「やったな！　エイルマンにでかい貸しをつくったが。いまごろメキシコへ向かっているところだろう」ピアースがいった。「逃げる準備はいいか？」

ピアースのいうとおりだ。おそらく、脱出トンネルのドア・コードはでたらめだ。武器庫へ行っても、直径二十三メートルの墓穴に入ってしまったことがわかるだけかもしれない。

「這うか走るか？」デッカーはいった。

「這う。けつを撃たれたいならべつだが」ピアースがいった。すでに体の向きを変えていた。

デッカーはバレットを捨て、屋根の奥へ向かって進みだした。屋根のなかほどにある作り物の岩まで来たとき、くぐもったドスンという音が耳に入ってきた。彼がピアースを見ると、すでに這うのをやめてこっちに顔を向けている。

「あれは――」ピアースがいおうとした。

グレネード・ローンチャーか？　そうだ。

「走れ！」デッカーはいった。

デッカーは立ち上がり、ピアースといっしょに銃弾で蜂の巣になったハッチの上の細い光の筋めがけてがむしゃらに走った。ドアまで来たとき、彼らがさっきいた場所の近くで最初の擲弾《グレネード》が炸裂《さくれつ》した。デッカーがロープのハンドルをつかんでハッチを引きあけ、ピアースを穴に押しこんだとき、一発めが着弾した数メートル手前で二発めが炸裂した。両側に手を置いてはしごを滑り下りたピアースの姿が消えると、デッカーもすぐに穴に飛びこんだ。どうにかなかに入ったその瞬間、グレネードが雨のように次々と屋根に降ってきて、破片で木製ハッチをずたずたにした。

デッカーに穴を落ちていきながら、ピアースのベストのストラップを必死になってつかみ、ピアースをはしごから引き落としそうになった。だがピアースは横桟一本をしっかりつかんで、数秒間はその場でじっと耐えていた。デッカーが慌てるのを予想していたらしい。ふたりがはしごから垂れ下がり、前後に二度身体を揺らしたあと、ピアースが手を放し、足から着地した。

すぐに立ち上がったデッカーは、自分の幸運が信じられなかった。深さ九メートルの穴に頭から飛び込めばふつうなら無事ではすまない。いくつか例を挙げれば、死、麻痺《まひ》、もしくは手脚の骨折など。ともかくデッカーは足で着地し、最初にこの土地に降下したときとなんら変わらない状態だった。

ピアースは、感心できないという顔つきでそこに立っていた。「おもしろかったな。じゃ行くか？」

「エイルマンがまだトンネルにいないか確認する」

「正気か？」ピアースは声を上げた。「あいつは逃げた！　ひょっとすると、ドアをロックして出ていったかもしれないぞ」

「そう時間は――」

いい終えるまえに、二度めのグレネード斉射による八発が屋根に着弾した。天井から土が降りそそぎ、衝撃が伝わってくるたびに地面が揺れた。デッカーとピアースは手近のドアへ突進し、そのなかへ身体を押しこむと、すぐさまグレネードの一発がはしごの上のハッチにあたり、破片や鉄片を地面にばらまいた。砲撃がやんだあとで戸口から天井を見ると、屋根は内側にかなりたわんでいた。

「逃げるぞ」ピアースがいった。「屋根が落ちるまえに」

「おれは確認してくる。おまえは先にいけ。追いかけるから」

ピアースがやれやれと首を振った。「そんなわけにはいかない。おれはここで屋根の大穴を見張る。とにかく急げ。こんなところで死にたくない」

「同感だ」デッカーはいって、スロープへ向かった。

木材の天井からさらさら落ちてくる土砂が、走っているデッカーの顔に降り注ぐ。スロープの下に駐められた車両まで来たとき、三度めのグレネード攻撃があり、木の梁の一本がはずれた。デッカーの背後、ジープ・ラングラーの後部バンパーから一メートル弱の地面に大きな丸太が音を立てて落ちた。

グレネードが屋根にあたるたびに反射的に身をかがめながら、走りつづけた。最後の着弾で別の梁がゆるみ、ちょうど肩越しに振り向いたデッカーは、その梁が地上プールをまっぷたつに割り、大量の水があふれだすのを目にした。

足をゆるめずに土のスロープと一体化した扉まで来た。さっと調べると、下部にちょうつがいが、上部に埋め込みハンドルがある。彼はそのハンドルをつかんで、スロープをおろし、あとは重力にまかせた。ハッチが足下の土にぶつかり、トンネルの入口に血まみれのエイルマンの身体が現われた。仰向けで横たわるエイルマンの左肩の上にあいた穴から血が流れだしていた。トンネルの高さから判断して、うつぶせで横になっていたエイルマンに弾があたり——胸腔深くを貫通したのだろうとデッカーは推測した。だとすると、エイルマンはまずまちがいなく死んでいる。

デッカーは、自分の仮説がまちがっていないかどうか確認するつもりでエイルマンの頭の横で膝をついた。弾が跳ねて鎖骨から入り、数センチ下の背中から抜け、致命傷とならない傷を残したかもしれない。出血量の多さからその可能性は低いとは思ったが、過去はどうあれ、エイルマンを置き去りにする気はなかった。

デッカーがエイルマンのベストに手をのばすと、エイルマンは自分の手を突き出した。スマートフォンが握られている。

「おまえの体をひっくり返して、貫通傷を確認する必要がある」デッカーはいった。

エイルマンはスマートフォンを胸に押しつけ、かすれた声でいった。「おれはどこへも行かない」

「おれが連れだしてやる」

「グレネードが止まった」エイルマンはいった。「やつらが来る」

「それまで時間はもう少しあるし――」

エイルマンはスマートフォンを落とし、咳《せき》こんで口いっぱいの血を吐き出した。

「この電話を持っていけ。トンネルに入るまえに武器庫のと同じ暗証番号を入力して赤いボタンを押す。某所に爆薬がしかけてある」

デッカーはエイルマンの額に手をのせてうなずいた。「おまえを許すよ、カート」

エイルマンは小さな笑みを無理やり作ったが、なにもいわなかった。なかば閉じられた目に涙が浮かんでいた。

「おまえの家族のために、おれにできることはあるか?」デッカーはいった。

「あいつらはなにをすべきかわかっている。あんたを待ってる。行け」

デッカーは電話を手に取って作動させ、暗証番号入力画面を見つめた。

「ここでやつらを揺さぶってやれ」デッカーはいった。「できるだけ多くのくそ野郎を道連れにしろ」

「そのつもりさ」

45

デレク・グリーンははしごを下りていき、深さ数センチの泥水に足を突っこんだ。驚きと哀れみの混じり合った目で地下構造を見渡す。これに似た場所を例の究極のサバイバリスト番組でいくつか見たことはあったが、実際に住んでいる人間がいるとは考えたこともなかった。この男は、家族ともども二年間もここで暮らしていたのだ！これよりもっとましな身を隠す手段はあったはずだ。男には妻と三人の子供がいた。家族にとってはいったいどんな生活だったのか？　だんだん怒りがこみあげてきた。これこそ、この男がやらかしたへまの大きな代償だ。

「ここにいるぞ！」洞窟の反対側に集まっていた工作員のひとりがいった。

グリーンは親指をあげて彼らに合図してから、戸口の近くで話しているイージスの傭兵ふたりを見やった。そのうちのひとりは生き残った唯一のチーム・リーダーだ。エイルマンとデッカーと謎の人物は、思いもよらないことに五〇口径ライフルで彼らをたたきつぶした。ＩＥＤは打撃だったが、装甲車両は役目を果たし、車内の人間は守られた。だが五〇口径弾は、装甲などこともなげに切り裂いた。

「デッカーと仲間の形跡はないか？」グリーンはいった。

「ありません」チーム・リーダーがいった。

「家族は？」

「いません。ほぼ全部ひっくり返してさがしました」

「スロープをくり抜いたトンネルのたぐいは、ほかにないか？　入口は通るのがやっとの大きさのようだが」

「見つかっていません」彼がいった。「ひそかに逃げるなら、真北へ向かうしかありません」

「おれはそこにいた」グリーンはいった。「ここから百メートルくらい北に小さな丘がある。それを過ぎると地面は平らだ。彼らがどの方向へ行ったにしろ、赤外線に映ったはずだ」

「となると、別のトンネルにいますね」チーム・リーダーがいった。

「トンネルを探せ」グリーンはいってから、スロープのそばの集まりへと歩いていった。

グリーンは水をはね散らしながら歩いていき、薄っぺらなアルミ製プールを押しつぶした梁をまたいだ。ひどく悲しい光景だ。安物の地上プール。この取り引きでエイルマンは自分の家族をずいぶんひどい目に遭わせた。ブランコを見たらいっそう気が滅入った。頭に弾を撃ちこむのではなく、エイルマンの鼻をつまんで喉《のど》にぼろきれを詰め込んでやりたかった。スロープまでのなかほどに立つ三人の工作員のまえに来たとき、スナイパーの放った一発の銃弾が、グリーンの望みを奪ったことを知った。エイルマンはもはや虫の息だった。

「なにかいったか？」

「数秒まえに、やっと」不安そうにグリーンを見やりながら、男のひとりがいった。

「どうした？」

「ガンサー・ロスと話したいといっています」

「おもしろいことをいう」グリーンはいい、エイルマンの横に膝をついた。「ガンサー・ロスをなぜ知っている？」

エイルマンの口の端から血が一筋流れ落ちた。両目は数ミリあいている。「大昔からのつきあいだ」エイルマンがいった。

「それはない。出会ってはいない」グリーンはいった。「デッカーから聞いたのか？」

エイルマンはわずかに首を振った。「ずっとまえ、おれがガンサー・ロスとイージスをこのごたごたにつなげた。あいつも、おれの話を聞きたいだろうよ。ほかにもある」

「デッカーはどこへ行った?」グリーンはいった。「おまえの家族はどこだ?」

「ガンサーに話す」

グリーンは首を横に振った。「ここには衛星通信用の電波が来ていない」

「なら、伝えてくれ」エイルマンがいった。「プラエトルは終わりだ」

「いったいどういう意味だ?」

「わからないなら、これが終わったとき、ガンサーはおまえも殺す」エイルマンがいった。「プラエトルだ」

グリーンはベストから衛星電話をとり出して、工作員のひとりにそれを渡した。

「上へ行って、スピードダイヤルの最初の番号にかけろ」彼はいった。「おまえの無線通信装置からヘッドセットのプラグを抜いて、衛星電話とつなげ。それが精一杯だ」

「了解しました」傭兵はいって、はしごへ向かった。

グリーンはベストのパウチをはずして、なかから無線通信装置をとり出し、防弾ベストの下を走らせてあるイヤフォンのワイヤを引き抜いた。

「ほかのトンネルを見つけるのは時間の問題だ」グリーンはいった。

「わかってる」エイルマンがいった。

「探す手間を省いてくれたら家族を見逃す」

「ガンサーと話してからだ」エイルマンがかすれた声でいった。

「東へ向かうトンネル発見」無線機から声がした。「施設の二階、キャスターつきラックの裏にありました。サイズは、スロープのと同じようです」

「なかへ入れるか?」グリーンはいった。

「ある程度離れると暗視画像がぼやけます」彼が報告した。「なかへ入らないことには奥がどうなっているかわかりません」

「入るな。入口に近づくな。こっちで進行中のことがある」グリーンはエイルマンにちらりと目を落とした。「残りのトンネルを見つけたら、トンネル・ルーレットともいうべきちょっとしたゲームを開始する」

イヤフォンがぱりぱり音をたてた。「ミスター・グリーン。ミスター・ロスが出ました」

「ありがとう」グリーンはいった。「ミスター・ロス、ここにカート・エイルマンがいます。あなたと話したがっている」

「どういうことだ、デレク？」ロスが非難するようなかすれ声を出した。

「ほかにはデッカーもだれも見つかっていません。ここは非現実的な場所で、四方へトンネルが延びています。エイルマンは、あなたと話せたら居場所を話すそうです」

「で、きみはそれを信じたのか？」ロスはいった。「状況をどうにか戻してからかけ直して――」

「プラエトルは終了した、とも」

　数秒間、なにも音がしなかった。

「ミスター・ロス？」

「エイルマンはいるのか？」ロスがいった。

「ここにいます」グリーンはいい、エイルマンの頭の横に無線機を下げた。

「こんばんは、ガンサー」エイルマンがいった。

「私と話したいと？」ガンサーがいった。

「プラエトルのことで」

「そのラテン語はよく知っている」ロスがいった。「それがこの件にどうかかわっているのかは知らないが」

　エイルマンがグリーンに顔を向けた。「だれかにオフィスのコンピュータをスリープから復帰させろ。マウスを動かせばいい。プラエトルの全ファイルを呼び出してある。デッカーに見せていたときにあんたらの邪魔が入った」

「エイルマンはなんといった?」ロスがいった。

「プラエトルのファイルをすでにコンピュータに呼び出してある、と。デッカーに見せていたところだったそうです」グリーンは傭兵のひとりに合図して、オフィスを見に行かせた。「いま、確認しに行かせました」

「ハーコートは悪い子だった」エイルマンがいった。

「地下で長く暮らしすぎたらしいな」ロスがいった。

「何カ月もかけて丹念に調べてようやく、すべてのコマがつながった」エイルマンがいった。「デッカーが現われたのは奇跡的だった」

「青天の霹靂《へきれき》だったにちがいない」ロスがいった。

「おれの敵の敵は友だ」エイルマンがいった。

「そいつを殺せ」ロスがいった。「たわごとをいって時間を稼いでいる」

グリーンは立ち上がり、ライフルの銃口をエイルマンの目のくぼみに押しつけた。

「ミスター・グリーン」無線機から声がした。「コンピュータの画面はどれも赤外線カメラのフィードが表示されています」

「左上の隅に小さなウインドウがある」エイルマンがいった。「そこになにが表示されている?」

「カウントダウン時計です」工作員がいった。

「そこを出ろ!」ネットの向こうでロスが怒鳴った。

「残りの時間は?」エイルマンがいった。

「八秒」

「あばよ、クソども」エイルマンはにやりとしていった。

エイルマンが笑い声をあげるなか、グリーンはスロープを下りて車両の右側へ走った。彼はブランコのそばで立ちどまり、溜息をついた。少なくとも十二人のイージス工作員がはしごに群がっていた。もっとも近い脱出口だが屋外へ行くにはまだ半分以上ある。これが運命だとあきらめて、グリーンはブランコの一方に腰かけ、うしろに押してから両足を浮かせて前へ揺らした。引き戻される重力は感じなかった。

46

デッカーは、揺れる懐中電灯の光で前方の土壁を照らしながら狭いトンネルを走った。ほぼ三メートルおきに突き出ている木の梁を、頭を下げて避けた。走り出してすぐ、突き出た木の梁に暗視ゴーグルをぶつけ、顎のストラップがはずれた。両肩が両側の壁をこするため、全速では走れず、装備でふくらんだ身体を斜めにするしかなかった。

遠くから手招きしているような弱い光に向かって、エイルマンの花火ショーからできるだけ遠ざかることだけを考えて走った。どれほど大きな花火を上げるつもりかわからないが、エイルマンの最後の言葉を信じるかぎり、期待を裏切らない盛大な花火になる。

背後に同じ光が見えるのではないかと気になって、肩越しに何度も振り返った。エイルマンの〝地下納骨堂〟で粉々に吹き飛ばされるより、このトンネルで背後から撃たれるほうが怖かった。その考えをなるべく心の奥深くへしまいこみ、またスマートフォンを確認して突き進んだ。時間はまだ十分ある。一歩進むごとにトンネルの先の光が大きくなっていくように感じた。やがてだれかの顔がトンネルをのぞきこんだ。デッカーはライフルを持ち上げた。顔はすぐに引っ込められた。

ピアースの声がトンネルの壁に響き渡った。「デッカー！」

「ピアース！」デッカーはいい、ペースを上げた。

「急げ！　みんな待ってるぞ！」

「精一杯走ってる！」デッカーはいった。ライフルが木の枠にあたって、胸に食い込む。

デッカーは引っかかったライフルをずらしながら辛抱強く前進し、思っていたより早くトンネルを抜けた。トンネルから跳びおりて、セスナ単葉機の胴体尾部の横に立った。あたりを見まわしてみて、エイルマンの周到な準備にまた感心すると同時に少々めんくらった。

飛行機は四角い地下格納庫に収納されていたが、四方にスペースはほとんどなかった。左翼の翼端は土壁から六十センチと離れておらず、尾部方向舵の最上部から木の厚板を貼った天井まではその二倍ほどしかない。屋根の半分は、格納庫の両側の頑丈そうなレールの上を動く倉庫風の引き戸のようだった。飛行機の前は角度の浅いスロープになっていて、それが屋根についたドアまで続いている。

「カートは？」ピアースがいった。

デッカーは首を横に振ったが、ピアースはそれでもデッカーを押しのけるようにしてトンネルをうかがった。「手の施しようがなかった」デッカーはいった。「カートはあそこに爆薬をしかけていた。おれはタイマーをセットしてからトンネルに入った」

「時間は？」ピアースはそう尋ねてから、壁の重厚な金属扉の留め金をはずし、開口部を閉じた。

「五分」デッカーはいい、ピアースにスマートフォンを渡した。

「残りの時間は？」

「九十三秒」

「ぎりぎりだ」

ピアースが扉の頑丈なデッドボルトを固定してからそこを離れ、セスナのほうに顎をしゃくった。「エイルマンの家族は機内で待ってる」

「おれは飛ばせないぞ」デッカーはいった。

「おれも」ピアースがいい、翼下のあけ放たれたパイロット側ドアへデッカーを連れていった。

ふたりが近づいていくと、オリーブグリーンの野球帽のうしろからブロンドのポニーテールを垂らした女性がドアのほうに身を乗りだした。

「ミズ・エイルマンがパイロットだ」ピアースがいった。

「ラリッサよ」彼女がいった。「残り時間は?」

デッカーはスマートフォンを確認した。「六十七秒」

「あなたたちに格納庫の扉をあけてもらう」彼女はいった。「レール両側の扉の内側にロッキングボルトがある。それを引き抜いて、扉につながっているロープを持って歩いて扉を外側にあける。重くて堅いけど、とにかく扉をきっちりひらいて固定しないと、尾部のラダーが引っかかる」

「わかった」デッカーはいった。

「わたしがエンジンをスタートさせたら、飛行機を押してもらってスロープを上がる」彼女がいった。「パワーが足りないから、押してもらわないとスロープを上がれない」

「機体のどこを押せばいい?」ピアースがいった。

「翼下の支柱をつかんで」ラリッサがいった。「プロペラとふたりの力があれば大丈夫だと思う」

デッカーはうなずいた。カートのことをなにかいいたかったが、すでにラリッサは機内へ頭を引っこめていた。あとで、その時間はたっぷりある。二手に分かれるまえに、デッカーはピアースにささやいた。「おれたちを置き去りにすると思うか？」

「そうでないことを願う。モーテルまで歩いて帰りたくないからな」

「それでも、おれは彼女を責めない」デッカーはいい、機体の下に潜り込んだ。「こいつが全員を乗せて離陸できるといいが」

デッカーはボルトを見つけてそれを引き抜き、地面に放った。翼の上に置かれた結び目のあるロープをつかんで、一、二メートルうしろに下がった。

「用意はいいか？」デッカーはいった。

「おう！」ピアースがいった。

セスナのエンジンが轟音《ごうおん》をたてて目を覚ましたとき、デッカーは驚いてロープを落としそうになった。プロペラは耳をつんざくような音をたてて回転し、それが巻きあげた土ぼこりがほぼ一瞬にして庫内に充満した。

デッカーはロープを引いて、レール上の扉をやすやすと動かしていった。つまずいて尾部昇降舵にぶつからないように気をつけて扉を動かしていくと、背中が地下格納庫の後部にあたった。ロープのもっと上の結び目を持ち、扉のうしろ側がレールの端にあたるまで引っ張った。ピアースを見ると、親指を立てて合図してきた。ふたりは格納庫から飛行機を押し出すため、機体に近づいた。翼と機体をつなぐ支柱をつかむまえに、カウントダウンのタイマーを確認した。二十九秒。

飛行機は前後に揺れて自力でスロープを上がろうとしたが、速度をあげられる滑走路もないから、助力がなければ離陸は不可能だ。デッカーはブーツを地面に食いこませ、片方の肩を支柱に押しつけて、飛行機の信じがたい重みに全力で抵抗した。セスナはじりじりと動いたが、ほんとうにスロープを上がれるのかと本気で疑いを抱いた。さらに力をこめたが、飛行機はほとんど進まなかった。

格納庫の扉がひらく音が、エイルマンの地下基地へ下りなかった傭兵の耳にまちがいなく届いたはずだから、なおさら心配だった。ふたりで地上へ出て撃ってくる敵を撃退すると提案しようとしたとき、プロペラの音が激しくなり、飛行機の速度があがりはじめた。

デッカーは新たに湧いてきた力で支柱を押した。飛行機はいま、らくらくとスロープを登っていった。スロープの先の平らな地面に車輪が達したとき、デッカーはその動きに不意をつかれた。彼が支柱を手放して振り向くと、尾部は地下格納庫の扉からわずか三十センチ横をかすめて外へ出て、上を向いた。

横のドアがひらいて、小さな子供ふたりが乗れと合図した。デッカーが客室によじ登るあいだにピアースは機体をくぐって、動いている飛行機と並んで小走りしはじめた。デッカーが前部客席の背をつかんでピアースのほうに手を伸ばすと、彼はその手をしっかりつかんで中へ飛び込んだ。デッカーは手を伸ばしてドアを閉め、しっかり閉まったか確認してから、座る場所を探した。

見たところ、三十分足らずまえに彼らが飛び降りたのと同型のセスナだった。だが、前部客席は取りはずされていない。

「こんなに大勢乗って離陸できるのか？」狭苦しい貨物室で身体をひねってデッカーは尋ねた。

「できなかったら飛び降りてくれるの？」ラリッサがいった。

「そうするしかないなら」

「大丈夫よ」彼女はいって、スロットルをまえへ押した。

突進するセスナの腹のなかで、デッカーは客席にしがみついた。ベストからスマートフォンをとり出し、タイマーを見る。

「三秒！」デッカーは叫んだ。

ラリッサはうなずいただけで振り向かなかった。デッカーが左側にちらりと目をやったちょうどそのとき、まばゆい閃光が光り、火の玉がふくらみながら夜空を百メートル近く昇っていった。数秒後、飛行機は衝撃波にあおられて横揺れし、機首が左に向いた。パイロットはたやすく修正し、ダークブルーの地平線を正面にとらえた。さいわい、地下施設の深さのせいで爆発の破壊力は上へ向かった。

飛行機はさらに数秒間、平坦な土地を走ったあと地面を離れ、デッカーは機体が宙に浮くのを感じたが、それより上へあがれないような気がした。

「つかまって！」エイルマンの妻がいった。

デッカーがシートの背をつかむ力を強めてまもなく、飛行機は機首を空へ向けて速度を上げた。そのとき手を放していたら、まちがいなくピアースのほうに投げ飛ばされ、ピアースを貨物室の奥へ突き飛ばしていただろう。飛行機はテキサスらしい風景が広がるなか上昇を続け、シートの背をつかむ両手の力がゆるみはじめた。危険を覚悟で左の窓から外をすばやく見ると、下の地面は、わずかな距離を置いて立ちのぼる炎の柱でオレンジ色に揺らめいていた。いま子供たちの心になにが去来しているのか、想像もできなかった。みな無言のまま、やがてエイルマンの施設は彼らの背後で明るいオレンジ色の小さな点となった。

「スウィートウォーターのアベンジャーフィールドよ」ラリッサがいった。「パスポートを持ってるならべつだけど」

「どこへ行くつもりだ?」デッカーはいった。

その行き先についてデッカーは雑多な思いを抱いていた。彼らは落下傘降下のためにアベンジャーフィールドを離陸したのでリスクはある。あのときのパイロットが自分の身を守るために警察に降下を通報しようと考えたなら、そこに着陸すれば危険な状況に直面する可能性はある。ただ、パイロットはこうも早く彼らが戻ってくるとは予想していないだろう。スカイダイビングの地点はここととは八十キロ以上離れていたし、戻らないつもりだという印象をパイロットに植えつけるため空港までタクシーを使った。ピアースをちらりと見ると、彼は肩をすくめて、いいんじゃないのという目をデッカーに向けた。

「パスポートはない」デッカーはいった。「あそこから飛行機に乗せてくれたことに感謝する」

ラリッサはわずかにうなずいただけで、目の前のダークブルーの空から目をそらさなかった。

客席の幼い女の子がデッカーに顔を向けた。その顔をとめどなく涙が流れ落ちている。「パパは死んだの？」女の子がいった。

「リーア」彼女の母親がいった。「やめなさい」

「いいんだ」デッカーはいった。「着陸したらきみのパパのことを全部話してあげよう。きみのママにフライトに集中してもらいたいんだ。いいね？」

「いいよ」女の子がいい、鼻をすすった。

　ラリッサがデッカーを見て、ありがとうというようにうなずいた。数分後、彼女はセスナをゆったりと左旋回させた。どこを向いても地上の明かりが見えるが、ラリッサはいちばん大きな光の集まりにまっすぐ向かうコースに乗った。「二十分で着陸する」ラリッサがいった。

「武器はどうすればいい？」

「空港までどうやって来たの？」

「ホテルからタクシーで」

「飛行場の南端、一七〇号線沿いのＶＦＷロッジにタクシーを呼ぶといいわ」ラリッサがいった。「滑走路のできるだけ南まで行くから、そこから自分の足で行って。あたりはとても暗いだろうから、だれにも姿を見られない。タクシーの運転手には、麻薬取締局《DEA》だとでもいえばいい。彼らはいつもこのあたりでなにかやってるから」

「うまくいきそうだな」デッカーはいい、横を見ると、ピアースもうなずいていた。

タクシーを手配したあと、デッカーは残りの空の旅をくつろいで過ごした。スウィートウォーターを離れたあとどうするかと考えていたら、二十分があっというまに過ぎた。エイルマンのデバイスの内容しだいの計画になるだろう。

ラリッサはアベンジャーフィールドに羽のように軽く完璧に着陸すると、滑走路の反対側まで地上滑走し、そこでセスナの向きを変えて貨物室のドアを飛行場の南境界線に向けた。デッカーはドアをひらき、翼の下まで押しあげた。ピアースにうなずくと、彼は金属の床を移動し客室の外へ身体を出し、コンクリートの滑走路へ降り立った。

デッカーも同じようにしたが、両足が滑走路につくなり、また機内に身を乗りだした。貨物区画の反対側に押しこまれていた男の子ふたりは、いまは空いたふたり分のスペースに広がり、リーアは客席のヘッドレスト越しにこっちをのぞいている。明らかに、デッカーが父親について語るのを待っている。ラリッサをちらりと見ると、目から涙があふれている。

「行くまえにきみたちに話しておくことがある」デッカーはいった。「おれはきみたちのパパと何年もいっしょに働いた。彼はこれまで会ったうちでもっとも勇敢な人だった。作戦に参加してきみたちのような子供を数十人と救い、おかげでその子たちは家族と再会できた。そのために何度も何度も命を危険にさらした。なぜかというと、きみたちのママのような親たちが二度とわが子に会えないと思うと我慢できなかったんだ。きみたちのパパはいかなる意味でもヒーローだった。そのことは忘れないでほしい」

ラリッサは顔の涙をぬぐい、ひとつ大きく呼吸してから、座席のあいだから片手を伸ばしてきた。デッカーはその手を取り、力強く握った。

「どこへ行くの？」ラリッサがいった。「これからなにをするつもり？」

「きみと子供たちが確実にふつうの生活を送れるなら、どんなことでも。おれたちみんながふつうの生活をまた送れるなら」

「カートはいつも、あなたと出会えたことが人生最高のできごとのひとつだといっていたわ」ラリッサがいった。

「きみの次に、だといいが！」

ラリッサが笑い声をあげた。「いうまでもない！」

「ニュースから目を離さないでくれ。おれたちが思っていたよりずっとことは大きいと思う」

ラリッサもデッカーの手を強く握り返し、放した。「もう行くわ。着陸を前もって連絡していなかったから」

デッカーはうなずいてから、子供たちひとりひとりに親指を立てて見せた。「忘れるな！　きみたちのパパはヒーローだ！」

明らかに三人の子の最年長の娘が座席で立ち上がった。「パパは死んだの？」

「死んだ」デッカーはいった。「残念だが、ヒーローには危険がつきものなんだ」

デッカーはドアを閉め、彼らに敬礼してから、ピアースを追いかけて走った。ピアースはすでに待っているタクシーに向かっていた。

「ご親切なことだな」ようやく追いついたデッカーに、ピアースがいった。

「なんといえばよかったんだ？」

「そういう意味でいったんじゃない。あの子たちは父親を失ったばかりだった。それに、あそこでの暮らしぶりは？」

「そうだな」デッカーはいった。「カートを——家族のまえで殺してやりたいと思って降下した。この二年の彼らの暮らしぶりを知ったとき、すべてが変わった。カートも、ほかのみんなと同じく、この事件の被害者だったんだ」

「おれはまだあいつに腹をたてているが」

「おれはちがう」デッカーはいった。「もうちがう。おれは怒りを向ける方向を変えることにした」

「どこへ？」

「カートのファイルにアクセスするまではわからない」デッカーはいい、それをとり出そうとベストの下に手を入れた。指がプラスティックのデバイスをつまんだとき、離陸しようとする飛行機とフェンスのあいだのひらけた地面の真んなかで足を止めた。

「ここで止まらないほうがいいぞ」ピアースがいった。

デッカーが掲げたデバイスは、手の中で砕けていた。ピアースが慌ててベストからとり出したコピーは、ひらいた手の中で無傷のように見えた。

47

ガンサー・ロスは数秒おきに無意味に電話をチェックしながら、倉庫をうろうろ歩きまわった。グリーンは死んだ。それはほぼ確実だ。エイルマンはみずからを犠牲にして家族とデッカーを逃した。最後の無線通信からわかるのは、爆発の数秒まえにエイルマンの敷地の北の地下掩蔽壕から飛行機が飛び立ったことだった。通信が途絶えてから、その任務に出ただれからも連絡がないので、爆発で全員が焼き尽くされたという結論に達した。

エイルマンの地下施設の大きさと形状を考えると、爆発したとき、グリーンのチーム全員が地下にいたか、直径二十三メートルの円形屋根の上にいたと考えられる。ガンサーの夜は数分のうちに見事な勝利から災厄へ変わってしまった。

デッカーが彼の手のおよぶ範囲から抜け出ただけでなく、エイルマンもなぜかコマをつなぎあわせてプラエトルの関係にたどり着き、もっとも知られてはならない人物にその情報を渡したのはまちがいない。デッカーはもはや危険人物とはいえない。かちかち音をたてる時限爆弾だ——しかも、ジェイコブ・ハーコートのいるほうへまっすぐ向かっている。

この四十八時間以上、有益なものを生み出していないモニターの列へ、ガンサーはぶらりと歩いていった。クーパーの肩を軽くたたいて起こしてやる。クーパーの頭が背もたれからさっと離れ、両手が目のまえのキーボードに置かれた。

「すみません」クーパーがいい、顔をさすった。

「情報は?」

「なにも。LAPDの顔認証ネットワークにはひとつも引っかからず、うちの監視チームからも異常なしとの報告が届いています。FBIさえ監視チームの大半に手を引かせました。マッケンジーと仲間は消えましたね。街を出たんでしょう」

「先方も、おれたち同様、顔認証区域を知っている」ガンサーはいった。「その可能性は排除できない」

クーパーがうなずいた。「そうですね、しかし、積極的に追跡する手段がありません。彼らがミスを犯すのを待つという受け身モードです。統計的には、彼らは永遠にこれを続けることはできませんが、長引けばこちらの不利になるような気がします」

「そうだな」

ガンサーの電話が振動し、すぐさま呼び出し音が鳴った。すばやく画面を見て最悪の事態の到来を知った——ハーコートが、ガンサーにはとても提供できない最新情報を求めている。

「すぐに戻る」ガンサーはいった。そういったときには、すでに倉庫の外へ出るドアに向かっていた。

外へ出る途中で電話に出た。「ミスター・ハーコート。グリーンのチームからまだ連絡はありません」

「おかしいな。イージスの二十四時間危機管理デスクへの通信を傍受した——グリーンの工作員のひとりからな!」ハーコートはいった。「現場でなにがあったか知らんのか?」

「少しはわかっています。エイルマンの地下施設に接近中、IEDと五〇口径ライフルによる攻撃を受けて、多数の死傷者を出しました。その後、ちょっとした爆発があり、連絡が途絶えました」

「ちょっとした爆発? ごまかしが少しばかり過ぎるぞ、ガンサー! 三十三人のうち生き残ったのは八人だけだ! 私が話した工作員は、あんな大きな爆発は見たことがないといっていた。彼が生き残ったのは、負傷者の介助を命じられたからだった」

「エイルマンはこのために準備していたのです」ガンサーはいい、倉庫のドアをあけ、外へ出た。「グリーンのチームによると、彼の地下施設は世界滅亡を描いた映画に出てくるようなものだったとか」

鉄条網のフェンスで囲われた駐車場は静かで、敷地境界線にはナトリウム灯が内側に向けて取りつけてあり、オレンジ色の光を放っている。

「あの工作員は、近くの掩蔽壕から飛行機が離陸して西へ飛んでいったといっていた」ハーコートがいった。「その情報を私に知らせるつもりはあったのか？」

「入手できる情報をすべて集めて分析しているところでした。せいぜいぽつぽつとしかはいってきておらず。はっきりしたことがわかるまで、あなたを煩《わずら》わせたくなかった」

「私には、はっきりした大失敗を抱え込んだようにしか見えないが。さっさと最新情報を伝えるんだ」

「エイルマンは大爆発を引き起こし、グリーンのチームの大半は死にました。グリーンの通信機経由でエイルマンと電話で話していたとき、秒読みのタイマーがエイルマンのコンピュータで発見されました。そのあと全員が逃げ出し、接続が途絶えました」

「くそ。デッカーがいたのは確認したか?」

「はい。デッカーはあそこにいました。グリーンの報告では射撃手は三人いたとのこと。五〇口径ライフルの使い手がふたり。デッカーと仲間はしばらくそこにいて、グリーンの接近を止めようとした」

「今夜じゅうにすべて終わらせられると期待していたが」ハーコートがいった。「ふむ。とにかくエイルマンは死んだ。残っていた障害がひとつ減った」

ガンサーは返事しようとしたが、どう続けていいかわからずにやめた。

「どうした?」ハーコートがいった。「きみが言葉に窮することはめったにない」

「どうお伝えしていいかわからないので、とにかくお伝えします」

「聞くまえから、聞きたくないことだとわかるが」

「エイルマンはプラエトルに言及しました」ガンサーはいった。

「なんだと?」

「プラエトルに関するファイルを持っているといっていました。それをデッカーに見せたと」

「まさか」ハーコートがいった。「プラエトルは葬《ほうむ》られた。一度、月刊誌アトランティックの記事で取りあげられたが、正式な典拠はなかった。あるジャーナリストのまぐれあたりだ。しかも、そのジャーナリストはスカイダイビングの事故で死んだ」

「エイルマンはその言葉を何度も口に出していました。デッカーに見せただけではなかったら？　ファイルかなにかを渡していたら？」

「なんのファイルだ？　誇大妄想狂の仮説ばかりの？」

「タイミングしだいでまずい人々に疑いを抱かせるかもしれません」自分の権限を超える発言だと承知のうえで、ガンサーはいった。

「どういう意味だ？」

「意味はありません。人手を三倍に増やしてデッカーと仲間を探します」

「そうじゃない。きみがどういう意味でいったのか知りたい」ハーコートがいった。

「きみの考えを聞きたくてカネを払っているんだぞ、ガンサー。どういう意味だ？」

「メガン・スティール誘拐事件が起きたころに提出された法案のことです」ガンサーはいった。「それとプラエトルとの関係です」

長い沈黙のあと、ハーコートが答えた。「もっともだ」

「デッカーがまさにその点をつなぐことを考慮にいれる必要があります」

「つまり、私に跳ね返ってくる」ハーコートがいった。

「フリスト上院議員は？　この新しい展開にどう対応するのか」

「なるほど、その点もよくわかった。いい反応はないとは思うが」

「デッカーが上院議員とプラエトルのつながりを嗅ぎつけたら……」ガンサーはあえて間を置き、ハーコートに続きをいわせた。

「念を入れて、あのふたりが絶対に交わらないようにする必要がある」

「その件も、私が責任をもって引き受ければよろしいですか？」ガンサーはいった。

「いまは情けないほど暇《ひま》になりまして」

「いや。フリストの件とデッカーの今後の出方については、私が処理する。きみはマッケンジーに集中しろ。デッカーはすべてを彼女に伝え、彼女はそれを仲間に伝えると想定して動かなければならない」

「全員を葬ってやりますよ。跡形もなく」

「その言葉が聞きたかった。この件の対処に関して、制約はなにもない。必要であればどんな手段でも使え。後始末は私がする。わかったな？」

「はい」

48

　デッカーは前方に広がる暗い虚空を、フロントガラス越しに見つめていた。東行きの二車線を分ける破線がかろうじて見えるのをのぞけば、ヘッドライトは州間道路の路肩の危険なほど近くに生えている灌木《かんぼく》をたまに照らし出すくらいだった。一杯のコーヒーかレッドブルなしでは、すぐにでも眠ってしまいそうだ。

　最初の計画では、ダラスを抜けてテクサーカナまで六時間走り、そこで一泊するつもりだったが、ふたりともそれに耐えられそうになかった。スウィートウォーターを出て一時間もたたないうちにピアースがぶつぶついい出した。デッカーも了承した。今日のドライブが終わるまえにダラスに着けば幸運だろう。理想をいえば、ダラス・フォートワース地域を通過して、あとに残してきたスウィートウォーター郊外の混乱状態ともう少し距離を置きたいところだった。

　とはいえ、心配することなどあるか？　エイルマンの敷地で起きたことと彼らとの関係を、当局がつきとめることはできない。パイロットはあやしむかもしれないが、たいした情報は提供できないだろう。支払いは現金だったし、自分たちの車で飛行場へ行ったわけでもなく、くわえて、パイロットが彼らを降下させたのは私有地上空だった——違法だ。エイルマンの敷地でのことが知れ渡っても、パイロットは口をつぐんでいるだろう。そのことをだれかに訴えたところで、彼に得るものはない。

唯一の気がかりはイージスだったが、エイルマンの地下施設からあがった火の玉から判断して、イージスに今晩、または近いうちにテキサスでなにかしでかすほどの余力はないだろう。IEDや五〇口径スナイパーライフルやら爆発やらで、生き残った傭兵はごく少数だろうとデッカーは思った。その生存者たちもデッカーとピアースと同じことを優先したはずだ。つまり、可能なかぎり早く遠くへ逃げること。今夜、彼とピアースが困った状況に陥るとすれば、生き残りの傭兵たちと同じモーテルで鉢合わせすることくらいだ。

デッカーはノートパソコンに注意を戻した。プラエトルのファイルは控えめにいっても広範囲にわたり、ＰＤＦに保存された数百の新聞記事や公的文書や議会証言が大量にあった。ここ一時間ほどじっくりと調べ、エイルマンが行間をあけずに五ページを費やして書いた陰謀論の具体的な確証となるものを探した。デッカーの見るところでは、その理論は明らかに事実関係の裏づけが手薄だった。とはいえ、夜中に走る車のなかでノートパソコンで見るかぎりでだ――集中できる場所にはほど遠い。

USBメモリーの内容をどうしてもハーロウに送りたかった。ハーロウなら適切な場所にチームを集め、大量の情報を分析させて、エイルマンが地下施設をつくったこととどうつながっているのかを深く探らせる。ああした主張を表に出すには、陰謀論のままではまずい。許せないというだけでなく、異様でもある――あらゆるレベルで想像を超えた主張だ。

表面的には、〝プラエトル〟という言葉に恐ろしい響きはない。ローマ時代初期の意味でも、現代と同様にとくに毒のある言葉ではない。司法における広い権限と権力を与えられた、選挙で選ばれた法務官のことであり、上の地位にある執政官《コンスル》に対してのみ説明責任を負う。時代を経るにつれ、プラエトルの職務は司法および民事の義務を超えて広がり、軍隊の指揮まで含むようになった。その結果、プラエトルという軍人階級が常設され、司法界およびローマ全体でも相当の権力を行使した。

絶えず政敵の脅威にさらされる地位にあるため、プラエトルの将軍らは選《え》り抜きの警護隊を編制して、裁定の執行にあたらせ、競争相手の策略から身を守った。プラエトルの富にのみ忠誠を誓う歴戦の兵士らで構成される親衛隊は人気を集め、それに感化された古代ローマの初代皇帝であるアウグストゥスは、自身で総計数千名の近衛兵団を結成した――その後四百年にわたってローマを悩ませる悪習の起源である。

紀元二世紀初頭になると、プラエトル近衛兵団は代々の皇帝の治世で兵力も規模も増大し、ローマ帝国のもっとも強靭《きょうじん》な軍隊にすら引けを取らなかった。正規軍の駐留が禁じられていたローマ市内および近郊を拠点とする近衛兵団は、ローマ人の暮らしを支配する勢力となった――政策を左右し、謀反《むほん》を扇動し、公職につく人物を暗殺した。絶頂期には、近衛兵団は十人以上の皇帝を暗殺し、自分たちで選んだ者を権力の座につかせた。

カート・エイルマンは、ジェイコブ・ハーコートが五年前に書いた論文を偶然見つけた。そのなかでハーコートは、〝アフガニスタンの総督〟を任命することで〝プラエトル近衛兵団がアフガニスタン戦争の勝利〟に導くと主張した。アメリカ合衆国は民間軍事部隊を雇い、大統領または大統領が任命した人物に直属する統率者としての総督――おそらくはハーコート――に指揮を執らせてはどうかと提案したのだ。

そうすればアメリカ軍兵に危害はおよばなくなる。アフガニスタンで二十年近く戦争がつづいたあとでは、魅力的だが同様に危険な内容である。この現代のプラエトル近衛兵団は議会の指揮下にはなく、説明責任もない。古代ローマの近衛兵団と同じで、カネと権力以外なにも負うものはない。ハーコートが統御し――イージス・グローバルの収益を確保する。

デッカーはノートパソコンを消して、しばし両目を閉じ、頭をはっきりさせようとした。ここ数日の〝嵐〟が過ぎたいま、完全な再起動が必要だった。集中力がなく、とりとめのない思考がさまよう。あいにく、今夜は短時間の仮眠はべつとして、すぐにはまとまった休息を取れそうにない。うまくいくかどうかは、これまでガンサー・ロスとイージスの不意をついてきた速いテンポを持続させられるかどうかによる。

目をあけて、顔をなでた。「コーヒーがほしいな。カフェインが入っているならなんでもいい」

「ダラスの郊外で止まるか？」

「それがいいだろう」デッカーはいった。「ひとけの少ない場所で」

「ならコーヒーはやめたほうがいい。二時間も走れば着くし、夜にしっかり睡眠をとる必要がある」

「おまえは何様だ、おれの母親か？」

「もしそうなら、おれたちはまだコロラドにいて――送還されない国へおまえを密入国させる計略を考えてるさ」

「おれもちらっとそう思った」デッカーはいった。

「どうだか。逃げ出すのはおまえのスタイルじゃない」

「こんなのよりは楽だ」

「逃げるのはずっと楽な道に見えるかもしれないが、短期的な解決法にすぎない」ピアースはいった。「これから死ぬまで、うしろを気にして生きたくないだろ」

「山中に隠れていた男の賢明なアドバイスか」

「一本取られた」

「おまえはどうするつもりだったんだ?」デッカーはいった。

「ほとぼりがすっかり冷めるまで待つ」

「たいした計画じゃないな」

「ああ。そうだ。だからペンキンのことを聞いたときには胸が躍った。家族みんなだ。妻はとくに。あの暮らしに有効期間があることを、彼女はわかっていた」

「じゃあ悔いのないようにしないとな」デッカーはいった。「時間をかけて、心臓に杭《くい》を打ちこむ」

「ジェイコブ・ハーコートか?」

「エイルマンはそう考えていたようだ。イージスが世界各地のあらゆる紛争と胡散臭《うさん》い政府に一枚嚙《か》んでいるのは公然の秘密だが、スティール誘拐事件とのつながりがおれには見えない。それがあるとしても、このUSBメモリーのなかにあるとは思えない。エイルマンが概要でそう強調してはいたが」

「そろそろミズ・マッケンジーに処理を代わってもらうか」

「ちょうど電話しようと思っていたところだ」

「おれに邪魔をさせないでくれよ」ピアースがいった。「プライバシーなど必要ないならいいが」

「そりゃどういう意味だ?」

「べつに。ただ――ずいぶん気を許しているようだから」

「おれの命を救ってくれた人だぞ」デッカーはいった。「おれのために仕事以上のことをしてくれた」

「そうでないとはいっていない」

「じゃ、なにをいってる?」

「目のまえの問題でないことに関するおまえの話を聞くのは楽しい、ということだろうな」

「彼女は〝目のまえの問題〟の主要素だ」デッカーはいった。「おまえがいうように」

「おれがいったことは忘れろ。彼女に電話してくれ」

「そうするよ」顔が赤らむのを感じながら、デッカーはいった。彼は衛星電話で彼女を呼び出した。「スピーカーフォンにしてほしいか？」

「悪いな、照れ屋さん」ピアースがいい、その後すぐにハーロウが電話に出た。

「なんでこんなに時間がかかったの？」ハーロウがいった。彼女の声は車内にはっきり聞こえる。「なにか起きたのかと思ったじゃない」

ピアースがデッカーにウインクし、にやりと笑った。

「おれたちは無事だ。エイルマンのファイルを調べはじめたら夢中になってしまった」

「スピーカーフォンになってるの？」

「いや。だが、どのみち盗み聞きしているやつは全部聞いてる」

「こっちもスピーカーにしたほうがいいわね」ハーロウがいった。「ソフィーとパムもいるから」

「やあ、パム」デッカーはいった。「あのモーテルでは世話になったね」

「いいのよ」パムはいった。「それほど費用はかからなかったわ」

「どうしてなのか、見当もつかないよ」デッカーはいい、笑った。

ハーロウが本題に入った。「ファイルに使えそうなものはあった？」

「できるだけ早くきみにこれを見せたい。エイルマンは誘拐事件の裏にハーコートがいると考えているが、おれにはそのからくりも理由もわからない。おれが見たところでは、エイルマンは点と点をつないではいないが、ファイルから得るものはたくさんある。イージスがなんらかの形で関与しているのはまちがいないが、おれたちの当面の相手は、イージスでハーコートの下にいる者だという気がする。ハーコートの許可なしで作戦を実行する権限を持つ人物」

「別の見方もある」ハーロウがいった。「こっちはもっと大きくとらえようとしている。すでにわかっている人たち、あるいは関与していそうな人たちの関係をつきとめようとしている。そして、メガン・スティール誘拐の有力な動機を見つけたと思う」

ハーロウのうしろにいるだれかがなにかいったが、デッカーには聞き取れなかった。

「メガン・スティール殺害というべきかしら。ロシア人は彼女を始末しろと命じられた」ハーロウがいった。「ヴィクトル・ペンキンの最期の告白を信じるとすれば」

「信じるべきだと思う」デッカーはいった。

「こっちでもその意見で一致してる。そう考えると動機が導かれる」

「続けてくれ」

「メガン・スティール誘拐は陽動作戦だったとわたしたちは考えている。ひょっとすると——」

「陽動作戦？　なにから注意をそらすんだ？」デッカーは口をはさんだ。「注意をそらすだけなら、人を誘拐して殺害したりはしない」

「数十億ドルがかかっていたらやるわよ。影響力の大きい上院議員がその数十億ドルの障害として立ちはだかれば」

「おれにはよく——」デッカーはかろうじて言葉をつづけた。「おれには彼らがメガンを殺す理由がわからない」

「スティール上院議員の注意を長期的にそらして、スティールの信頼を獲得するため」

「なんだと？」ピアースが小声でいい、首を横に振った。

「スティールの信頼を獲得する？」デッカーはいった。「すべてがおれたちの目のまえで、文字どおり吹き飛び、スティールの娘も死んだんだぞ」

「スティール上院議員の娘の救出のために雇われたとき、ジェラルド・フリスト上院議員がかかわっていたのを覚えてる？」

ピアースが首を振った。デッカーもピアースと同じく、記憶になかった。

「いや。スティール議員がフリストについて何度か話していたのは覚えているが、おれたちの契約に関して、フリストがなんらかの役割を果たしたとは知らなかった」デッカーはいった。「ジェイコブ・ハーコートがスティール上院議員の代理として、直接おれたちに話を持ちかけてきた。スティール上院議員は、法的な理由からおれたちの関与をできるだけ内密にしておきたかった」

「フリスト上院議員はこの件でずっと大きな役割を果たしたんじゃないかと思う」ハーロウがいった。「フリストはイージス・グローバルにかなり出資している」

「かなりというと？」

「イージス・グローバルに立ちはだかる障害をすべて排除し、同社を民間軍事産業で支配的地位にとどめておけば、けっこうな利権が転がり込むくらいの出資よ」ハーロウがいった。「スティール議員とフリスト議員は長年友人関係にあったけれど、軍事役務の民間委託に関しては意見は一致していなかった。スティールは常に、民間軍事企業の利用拡大に反対票を投じてきた――娘が拉致されるまでは」

「スティールを寝返らせたというのか？」

「〝寝返らせた〟はふさわしい語ではないわ。無理もないけど、彼女は誘拐発生の五日後の重要法案の採決を欠席した。〝重要な〟といったのは、アフガニスタン駐留米部隊の最高司令官に直接雇われた民間軍事部隊の権限と裁量を拡大する下地を作るための法案だったから。大半は後援と兵站《へいたん》任務と、いくらか警備の仕事だった。その法案を提出したのはだれだと思う？」

「フリストか」デッカーはいった。

「あたり。一カ月後、在アフガニスタンの米軍指揮官に対して、支援および戦闘作戦増加のために民間軍事部隊の使用を認可する法案の採決にも、スティールは欠席した。アフガニスタン行きを任じられたイージス・グローバルの従業員の数は、一夜にして四倍に増えた。カブールでは、米軍指揮官がＮＡＴＯ主導の警備任務をやっと取り換えたという冗談が流行っていた」

「スティールがふたつめの法案の採決を欠席した理由は？」デッカーはいった。「彼女は取り組みを続けると主張していたと思ったが」

「たしかに」ハーロウがいった。「でも、まさにその日、あの目撃情報があり、ＦＢＩもそれを本物だと認めた」

「たいした偶然だな」

「スティール議員がアフガニスタン戦争への支持を弱めていたことを考えると、採決が反対の結果になっていた可能性は高い」ハーロウがいった。「でも、それだけじゃない。フリストはヘメット事件の翌日、別の認可法案をこっそり通した——これにより、アフガニスタンの米軍司令官は、正規軍部隊と民間部隊とのあいだに連携も対立もない場合にかぎり、民間軍事部隊の戦術指揮権を暫定《ざんてい》的戦闘指揮官に与えることができるようになった。法案における〝暫定的戦闘指揮官〟の語義は不明瞭よ。民間軍事部隊が米軍戦域司令官の麾下に入り、独自に直接、戦闘任務を遂行する最初の事例となった」

「プラエトル近衛兵団の創設のようだな」デッカーはいった。「エイルマンの説は、ジェイコブ・ハーコートが数年ほどまえに書いたテーマが中心となっている。アフガニスタン戦争の民間委託だ」

「わたしたちもその論説を読んだ。やり方は一致してる。フリストはじょじょに障害を取り除いてきた。おもにスティール議員が別のことで頭を悩ませていたあいだに——でもいま、スティールはフリストを全面的に支援しているように見える。フリストの政策を間接的に支援する法案と認可の共同提出者にさえなっている」

「ハーコートの計画か」デッカーはいった。「アフガニスタンの将来の総督になることだな」

「ハーコート総督の下では報酬のよい高官の地位に事欠かないでしょうね。その企業への出資を考えると、フリストは非常に大きな富を手にする」

「彼の出資額がどうしてわかった？　イージス・グローバルは株式非公開だ」デッカ

ーはいった。

「知らないほうがいいわよ」

「ああ。おれもずっとそのせりふを吐きたくてたまらない」

「で、次はどうするの、デッカー？」ハーロウがいった。「ご想像のとおり、わたしたちはちょっとそわそわしている。仮説を考えるだけじゃ物足りなくて、みんなうずうずしてる」

「今後の計画について話すまえに、もう一度おさらいさせてくれ。おれの理解が正しいかどうか確認したい。ハーコートとフリストは、スティール上院議員の関心をそらすために、そしてワールド・リカバリー・グループを紹介して気に入られるために、メガン・スティールの誘拐／殺害を画策した——終始、おれたちの努力が実を結ばないことを想定したうえで」

「そうよ」

「彼らの最終目標は、身の毛のよだつ計画から上院議員の目をそらし、このプラエトル近衛兵団案を進めるために不正工作することだった。ハーコートはアフガニスタンの総督任命、フリストは金銭的な利益と影響力ある地位につくという明らかな恩恵を受ける」デッカーはいった。「ここで話を切って、いわせてくれ。腐ってる」

「マジで腐ってる」ピアースがいった。

「両方に同意」ハーロウがいった。

「おれたちがメガン・スティールの居所をつきとめたとき、その計画が失敗しそうになった」デッカーはいった。「ただ、おれたちに彼女を救出させなかった理由がわからない。救出できていたら、彼らはスティール議員の目には偉大な英雄として映り、スティールを協力者にするという第二の目標が達成されると思うが」

「スティールは彼らの盟友とはいえなかった。だからヘメット爆破事件を利用し、彼女を迂回《うかい》する機会を作って、重要な認可法案を通したのだと思う」ハーロウがいった。

デッカーの次の質問は、そこにいる全員にとって不愉快なものとなる。とくにデッカー自身にとって。

「それなら、その後の惨劇はなぜだ？　家族をなぜ皆殺しにした？」デッカーはいい、ぐっとこらえた。「なぜＦＢＩにおれたちを追わせた？　おれたちのことは放っておいて、ロシア人のせいにすれば済むのに」

しばらく車内が静まり返った。

「きっとあなたは聞きたくないわ、デッカー」ハーロウはいい、言葉を切った。「でも、陽動と混乱の効果を最大にするためにやったんだと思う。リーヴズ特別捜査官はあなたに不利な証拠を集めることに全精力をそそいだ。スティール議員は、事件の詳細に異様にこだわるようになった。その後の混乱を最大限に活用したフリストとハーコートのことなど、だれも気に留めてなかった。無遠慮ないい方をしてごめんなさい」

デッカーは少し間を置いてから答えた。「しかたないさ。おれの頭にある疑問はただひとつ。最初にだれを追うかだ」

「フリストは〝最初に《ファースト》〟の押韻《ライミング》っぽいな」ピアースがいった。

「楽な方のターゲットだな」デッカーはいった。「DCの街中で拉致できそうだが」

「アメリカの上院議員を拉致すれば、あとあと面倒なことになる——根拠は仮説だけだし」ハーロウがいった。「法執行機関が総掛かりでやってくるだろうし、味方になってくれそうな政治家やワシントンの消息通もすぐに去っていく。ハーコートのほうが困難だけど、自分の利益しか考えないクソ野郎が消えても、だれも——本人以外は——悲しまない」

「ハーコートをつかまえるとなると、計画を入念に練らないとな」ピアースがいった。「あいつは私兵に守られている」

「もっといい考えがある」デッカーはいった。

「ハーロウ」ピアースが割り込んだ。「きみのことはほとんど知らないが、おれがこいつとの電話を切るのはたいていこういうときだ。『もっといい考えがある』なんて話をまともに聞いても、ろくなことがない」

「『きみはこれを気に入らないだろうが』はもう何度か聞いたわ」ハーロウがいった。「どこまでろくでもないかはわからないけど」

「悪いことはいわない」ピアースがいった。「これまでこいつのなにを見てきたにしろ——その話を真に受けるとやたらひどい目に遭う」

「彼女は簡単にはびくつかない」デッカーはいった。

「全然びくつかないわよ」パムがいった。

「どんな考えなの、デッカー？」ハーロウがいった。

「ふたりをつかまえる、同時に」

「どうやってそんな芸当をするの？」

「わからない。それはきみの仕事だ、ハーロウ。きみはそのふたりを一カ所に集め、おれたちがふたりをつかまえる」

「そうね。電話をかけて、集まろうよといえばいいかしら」ハーロウがいった。

「そんなものでいけるかもよ」パムがいった。

「どうかしらね」ハーロウがいった。「ほかにできることは？　ハーコートとフリストに自首させるとか?」

「ひとつある」デッカーはいった。「おれの娘は元気か? 両親は?」

間が空いた。「こんなときだけど、うまくやっていると聞いている。いちばん大切なのは——みんなぶじだということよ」

「ありがとう」デッカーはいい、電話を切った。

ピアースがデッカーに顔を向けた。「心配ないさ。これ以上ない優秀な人々がついているようだ」

「そうだな」デッカーはいい、顔をこすった。「三人になにかあったら、おれは自分を許せない」

「三人にはなにも起きない」ピアースがいった。「話題を変えるぞ」

「頼む」

「ハーコートと私兵部隊のことはまじめな話だ。おれたちがハーコートをつかまえるところは見える、かろうじてな。だが、あいつを連れて逃げるところなど想像できない」

「デルガド事件を覚えているか?」

「ああ」

「彼の息子を救い出したときのことを覚えているか？」

ピアースはしばし無言で、前方の道路を見つめていた。「あの手は使えるかもしれないが、ふたり乗りだ」

「三人乗りに改修したと聞いてる」

「それでもまだ、どちらか残ることになる」ピアースがいった。

「喜んで手を挙げよう」デッカーはいった。

「おまえひとり対大軍か？」

「おれは人の予想を覆しつづけてる。おれが負ける方に賭ける理由はない、いまのところ」デッカーはいった。「バーンスタインの連絡手段はわかるか？」

「信頼の厚い、連絡先を公開していない友人とも、細心の注意を払って連絡を取り合ってきた」

「よし。朝になったら連絡しよう。やってくれるかどうか確認する」

「ひとつだけ問題がある」ピアースがいった。

「なんだ？」

「バーニーは借用証書《IOU》を受けとらない」

「かまわない」デッカーはいった。「アメリカ国外の銀行にいくらかカネを隠してある」

「ＦＢＩでも全部は見つけられなかったようだな」

「半分も見つけられなかった」デッカーはいった。「国際電信送金はふつうにできる。ＡＴＭの引き出しはべつだけどな。バーニーにでもだれにでも、必要な人間にカネを払ってやってもらえる」

「それなのに、おまえはおれのまえで貧乏を装っていたな」

「たしかに貧乏だ」デッカーはいった。「アメリカではな」

49

リーヴズ特別捜査管理官は未読のEメールをスクロールしながら、それらを読みはじめた方がいいだろうかと考えていた。ヴィクトル・ペンキンの拉致および殺害により生じた力の真空状態が後釜候補を引き寄せている。そいつらのおかげで、ロサンゼルス大都市圏のあちこちに死体が転がるようになる。以前もこういう展開を目の当たりにしたことがあるが、新しい力の構造が固まり、状況が落ち着くまで、リーヴズの部署にできることはほとんどない。だが、一週間近く部下の多くをデッカーの件に投じてきた。そろそろデッカーの件から離れるときだ。

デッカーがLA地域にとどまっている可能性はほとんどないし、刑務所局は依然としてデッカーが脱獄囚だと断定してはいない。デッカーがペンキン殺害の参考人であることに変わりはないが、リーヴズにその現場とデッカーを結びつける証拠はなかった。市内で見事に行方をくらましているマッケンジーも同様だ。まだ市外へ出ていないと仮定した話だが。そのふたりがまだ近くにいるとは思えなくなってきている。

スティール上院議員は不満だろうが、リーヴズは奇跡の人ではないし、デッカーの目件で捜査範囲をロサンゼルス圏外に拡大する権限はむろんない。リーヴズは上司の目を惹かないように、ロシアン・マフィア対策にあてるはずの人員をできるかぎり薄くしてきた。自分の在職中に発生した最大級の事件の最中に、リーヴズがロシア人組織犯罪部門から人員を流用していたことを知れば、上司も穏やかではないだろう。そうした考えを胸に、リーヴズは受話器を取りあげた。キンケイド特別捜査官に電話して、これ以降ハーロウ・マッケンジーの仲間の監視から手を引けと告げるためだ。

デッカーの捜索を完全にあきらめたくはなかったが、デッカーの足跡が消えてしまったいま、リーヴズたちがどうにか作り出した流れは失速してしまった。デッカーとイージスの奇妙な関係については、ほかの人間に心配してもらう。デッカー、ガンサー・ロス、射殺された元SEALのリッチ・ハイドについて集めた情報を箱詰めにし、犯罪捜査部の指揮系統へ引き渡す。おそらく廃棄されるだろうが。

リーヴズはキンケイドの番号にかけ、数階下のオフィスの電話を呼び出す音が受話器から聞こえてきたとき、携帯電話がメッセージ受信を知らせるアラートを発した。下のオフィスの電話の呼び出し音が聞こえているあいだ、アラートを確認してメッセージを読んだ。そして、キンケイドへの電話を切りかけた。

「マット・キンケイド特別捜査官です」受話器を戻す直前に、声が聞こえた。

リーヴズは受話器を耳に戻した。「マット。マッケンジーの主要なビジネスパートナーのひとり、キャスリーン・マーフィー、別名ケイティ・マーフィーのあたりが出た。いま詳細を引き出している」

リーヴズはそのメッセージに対応するEメールを見つけた。メッセージと同時に届いていた。メールに埋め込まれていたリンクをクリックする。数秒後、こちらの捜索依頼に沿ってカスタマイズされたJRICの顔認証アクティビティ一覧表にログインし、目標人物に合致した唯一の顔認証ヒットをクリックした。

「シャーマンオークスのセパルヴェーダ通り、ナチュラルフーズの向かいのカメラで、一分弱まえに認識されていた。距離と方向からして彼女は駐車場にいる」リーヴズはいった。「付記がついていて、そのカメラは一週間以内に州間道路四〇五号／国道一〇一の進入車線標識からセパルヴェーダ通りのナチュラルフーズのすぐ横の信号機に移動されたとのことだ。あると思っていないカメラに映されたんだろう」

「LAPDはしょっちゅうカメラ位置を変えたり、新しいカメラを付け足したりして、ゾーンマッピング・アプリを虚仮《こけ》にしていますからね」キンケイドがいった。

「彼女は認識されたことに気づいていないだろう。マッケンジーのところに連れていってくれるかもしれない」

「この件については出力を落とすのかと思ってました」

「そのとおりだ」リーヴズはいった。「だが、マッケンジーがまだ街にいるのなら、デッカーもそのへんにいるかもしれない」

この件をあきらめた方がいいのはわかっているが、このチャンスに背を向けるのはしのびなかった。一時間のうちにこれをものにして、デッカーの居場所を犯罪捜査部《CID》と連邦保安官に知らせる。スティール上院議員にさっと連絡して、デッカーとは永遠におさらばだ。

「どう動きます？」キンケイドがいった。

「ヴァレーにいる全エージェントをこれに向ける。現場へ行く途中でカメラ映像を見れば、車種を特定できるだろう。最初に到着したエージェントがＧＰＳ追跡装置をしかけ、離れた場所で監視する」

「空中監視を考慮したほうがいいかもしれません。マッケンジーたちは地上での追跡回避に長けています」

「ＣＩＤのトーリに電話して、飛行機を飛ばしていないか訊いてみる」リーヴズはいって立ち上がった。「使わせてくれるかどうかも」

「ヴァレーにいるチームに伝えるので、二、三分ください。では、エレベーターで」

キンケイドはそういって電話を切った。

リーヴズは充電所から彼の作戦用タブレットを手に取り、衛星電話といっしょに茶革のブリーフケースにいれた。飛行機と交信するならそれが必要になる。オフィスを出るまえにコートを上からさすり、携帯電話とバッジホルダーがポケットにあることを確認した。そのどちらかを持たずにここを飛びだしたことが何度かある。

エレベーターホールでキンケイドと顔を合わせたリーヴズは、下りるあいだずっと腕時計を見つめていた。北行きの車線が流れているとして――四〇五号線を走って目的地へ着くまでの時間より、ウィルシャー通りの連邦ビルの駐車場を出るほうが時間がかかるだろう。シャーマンオークスのセパルヴェーダ通りにあるナチュラルフーズは、ロサンゼルス盆地とサン・フェルナンド・ヴァレーとを隔てる丘陵地のすぐ北にある。事故でもないかぎり、午前中のこの時間はふつう渋滞なく流れている道路だ。

半時間以内に現場に到着できるだろう。それだと、マーフィーがちょっとお茶をしただけでナチュラルフーズを出たりしなければ、監視対策を効果的に調整する時間はたっぷりある。近くのどこかに潜んでいる仲間のために買いだしに来たのではないか。リーヴズはそう考えていた。マーフィーはヴァレーに家屋敷を所有していないから、コーヒーや軽食が目的ならもっと混んでいない店へ行けたはずだ。

車がウィルシャー・ブルヴァードへ出ると、リーヴズはトーリ・ブリーンに電話をかけた。物議をかもしがちな現地支局の監視ツールの使用認可および調整という、うらやましくもない業務の担当者だ。飛行機、ドローン、携帯電話基地局シミュレーターが、一般大衆の抗議が殺到する資産《アセット》のトップスリーになっている——そしてトーリは、そのすべてを管理している。

「ブリーン特別捜査管理官です」トーリが電話に出た。

「トーリ。組織犯罪課のジョー・リーヴズだ」リーヴズはいった。「頼みがある、もしよければ」

「ペンキンの件のあと休暇を取ったのかしらと思っていたわ。あなたの課はものすごく静かだったから」

「先週は椅子取りゲーム大会だったんだ」リーヴズはいった。「ただしこの大会では、音楽が止まったときに椅子を取れないと喉元を大きく掻《か》き切られる」

「楽しそう」

「実際にはまだそこまでひどくはなっていないのだが、だからいま、急ぎで頼みがあるんだ」

「あら、〝急ぎ〟の頼みに変わったのね」

「一時間ばかりある車を尾行しないといけない。目標車両は、シャーマンオークスのセパルヴェーダ沿いのナチュラルフーズに駐車されている」

「それしか話さないつもり？」

「できるだけ知らないほうが身のためだ」

「あなたのボス、つまりわたしのボスでもある人が、できるだけ知らないほうがいいという意味ね」

「ペンキンに関係している」リーヴズはいった。「彼の殺害に関与した疑いがあり、ロシアン・マフィアとは関係ないかもしれない人物を追っている」

「カルテル？」

「いや。おそらく個人的怨恨《えんこん》だ」

「ものすごい怨恨ね」

「まだ大胆な憶測の域を出ていない」リーヴズはいった。「だから、できるだけ非公式のままにしておきたい。一時間だけ必要だ。この連中は最近もおれの地上監視チームを虚仮にした」

「法に触れたりしないんでしょうね」

「完全に合法だ――特別捜査官責任者《SAC》のデスクにまわせるほど見込みがなかっただけだ。目標車両が停止したら教えてくれるだけでいい。そこからはうちの課が引き継ぐ」

「一時間ね。例によって全部記録されるわよ」

「承知している。さっきいったように、これは完全に合法だ」

「だといいけど」トーリがいった。「衛星電話はある?」

「ある」リーヴズはいい、慌ててブリーフケースからそれをとり出した。

「番号を教えて。目標地域上空に到達したら連絡させる」

リーヴズは電話機の裏に書かれた番号を読みあげた。「恩に着るよ、トーリ」

「そういわれるたびに一ドルもらっていればね」彼女がいった。「コールサインは〝ジャナ〟よ。持ち場につくまで十五分ほど待って。現在、市の東を旋回中」

「ありがとう、トーリ」リーヴズはいったが、電話はすでに切れていた。

リーヴズは携帯無線機に持ち替えて、電波の届く範囲内に配下のチームがいるか確認した。何度かキーキーという音が返ってきたが、丘陵地のこちら側ではヴァレーにいるエージェントたちとの無線交信はたまにつながればいい方だ。電話が鳴った。発信者番号によれば、バンナイズで張り込んでいるセアラ・ヴェイル捜査官だった。リーヴズは電話に出た。

「ヴェイル捜査官」リーヴズはいった。「目標までの距離は？」

「一分です。無線のコールを聞いたのですが、雑音がひどくて」

「きみよりまえに到着した者はいるか？」

「いません。次に近いのはゲインズ捜査官で、約五分離れています」

「GPS追跡装置を持っているか？」

「持っていません」ヴェイルがいった。「ゲインズもです。シモネッティがひとつ持っていますが、ゲインズよりさらに数分遠いです」

「わかった」リーヴズはいった。「監視航空機が一機、そちらに向かっている。到着予定時刻は十五分後」

「今度こそ見失わないとは思っていないのですね？」ヴェイルがいった。まじめにいっているのか冗談なのか、リーヴズにはわからなかった。

「悪く思わないでほしいんだが、彼らが空中監視まで避けたとしても驚かないだろう」

「悪く思ってはいません」ヴェイルがいった。「あんなことになったのは、わたしにとっては前回がはじめてです」

「おれにとってもだ」リーヴズはいった。「キャスリーン・マーフィーの写真を再送し、顔認証によってキャプチャされた画像で目標車両を特定する。彼女はナチュラルフーズの駐車場に車を駐めている」

「大きな駐車場ではありません。変わった形ではありますが。出口が複数あります」

「だから監視機を呼んだ。一時間使える。それだけの時間があれば、彼らの潜伏場所を確実につかめるだろう」

「駐車場に駐めて待つことにします」ヴェイルがいった。「いまどちらですか?」

「そっちに行くまで少なくともあと十五分かかる」

「心配ありません。十分以内に三台になります。管理官の到着までにさらに三台。こんどこそ逃しませんよ」

「よし。おれが行くまでにほかのチームと調整しておいてくれ」ふと考えがひらめいた。「そうだ。きみは市中監視用の服装か?」

「はい。私服です」

「よし。ゲインズが到着したら、たぶんきみに入店してもらう。マーフィーにまた逃げられていないか確認するために」

「準備しておきます」ヴェイルがいった。

リーヴズは通話を終えて、タブレットをいじり、キャスリーン・マーフィーの写真を、現場へ向かっている監視機チームに送り、道路カメラの写真を調べた。見たところ、マーフィーは赤の四ドアセダンを、店の入口のすぐまえの列の奥のスペースに頭から駐めていた。リーヴズはグーグルマップを操作して、店をズームし、スクリーンショットを撮った。数秒後、画像埋め込みツールでその区域を赤い円で囲み、〝赤の四ドアセダン〟を画像に加えた。それらをまとめ、対応する捜査官たちに転送しろという指示をつけてヴェイルに送った。

ヴェイルから受けとったと知らせが来たのは、さいわいにも交通量の少ない州間道路四〇五号線をキンケイドの運転で北へ向かっていたときで、リーヴズは頭をうしろにもたせかけていた。最終的に監視機がマッケンジーの居場所をつきとめたあと、どう対処すべきかとリーヴズは考えていた。監視をつづけるか？　デッカーが逃亡者だと判断されるまで秘密にしておき、ＣＩＤに引き渡すか？　スティール上院議員にゆだねて、処理してもらうか？

すべてを中止して手を引き、ロシア人の件に戻ることが正しいのはわかっていたが、心の奥底でなにかがそれを拒否していた。デッカーとマッケンジーの線は氷山の一角にすぎないという気がしてならなかった。その直感を無視すれば、スティール上院議員に対する義務を怠ることになるような気がする。リーヴズはキンケイドに顔を

か？」

「この件については、薄い氷のうえを滑っているようなものだということでしょう

向けた。

「おれが忘れていることは？」リーヴズはいった。

リーヴズは笑いをこらえた。「ひどく薄い氷だ」

「しかも解けかけの」

「これがうまくいかなければ、終わりにする。デッカーはもうやめだ」

キンケイドがやさしくも、疑っているような目を向けてきた。

「本気だ」リーヴズはいった。

「なにもいってませんよ」

「いわなくてもわかる」リーヴズがそういうと、電話とタブレットが同時に鳴った。

ヴェイル特別捜査官からの返事だろうと予想して膝のうえのタブレットを見ると、またJRICの顔認証課からの自動メッセージだった。同じカメラでまたヒットしたのだが、こんどのはかなり離れていた。

「すでにマーフィーは移動している」リーヴズはいい、リンクをクリックした。

ヴェイルに知らせようと電話をつかんで、また画面に目をやった。〝どうなって

る?〟ガンサー・ロスにフラグが立っている。なんでそんなことになった、まさか——〝そうか、くそっ!〟リーヴズはヴェイルに電話した。

「頼む、電話に出てくれ」リーヴズはいい、ヴェイルが電話に出るのを待った。

「絶好のタイミングでした」彼女はいった。「キャスリーン・マーフィーとパメラ・スタックを視界にとらえています。自分の目が信じられませんでしたが、ふたりは——」

「ヴェイル捜査官! 話の腰を折って悪いが、注意深く聞いてもらいたい」

「聞いています」

「詳しく説明している時間はないが、デッカーを探している別のグループがいて、マーフィーをとらえたカメラが、同グループのリーダーと思われる男の顔もとらえた。このグループは非常に危険だ。特殊作戦部隊レベルの傭兵部隊だ。できるだけ距離をとってもらう必要がある。何台で監視をつづけるかはきみにまかせる。新たな目標車両は白のレンジローバー。三人乗っている。駐車場へは——」

「ソーガス・アヴェニューから入るようです。そういうことか」ヴェイルがいった。

「くそっ。さっきはマーフィーとスタックのすぐうしろにいて、駐車場には入らず、そのまま走っていきました。まだ移動中です。さっきのは監視走行だったようです」

「おれたちと同じものを追っているんだ——デッカーを。マーフィーの車に追跡装置をつけたか？」

「いいえ。シモネッティが渋滞につかまりました。それでよかったようですね」

「ああ。きみが到着したすぐあとに、第二のグループがそこへ人を送ったんだろう」リーヴズはいった。「くそっ。こうなることを予想しておくべきだった」

「このグループは市の防犯カメラにアクセスできると？」

「それ以外に説明がつかない」リーヴズはいった。「きみの全チームに伝えてくれ」

　車で走りながら駐車場のようすをうかがうというガンサー・ロスの昔ながらのやりかたから、新たに設置されたカメラに自分はとらえられないと思っていることがわかる。標準的な顔認証可能範囲内に入っていなかった。ワッツの試験的ソフトウェア・アップグレードは成功していた。

「監視機の最新情報は？」彼女はいった。

「パイロットからまだ連絡は来ない。あと二、三分で持ち場につくはずだ。到着の報告がきたらすぐに知らせる」

「了解」ヴェイルがいった。「いくらか時間があるようですね。マーフィーとスタックが三台のカートに品物を満載してナチュラルフーズから出てきました。荷物の積み込みもはじめていません」

「ささやかな奇跡だ」リーヴズはいって電話を終えた。

「戦術部門に連絡しておきますか？　われわれにとって急速に不利な状況になりかねないのでは」キンケイドがいった。

リーヴズは首を振った。「いや。ヴェイルはわかって動いているし、あと数分で航空支援が来る。これは膠着《こうちゃく》状態にある監視行動だ。それ以上のものではない」

「この特殊部隊レベルのチームがデッカーの隠れ家へ車を乗りつけて皆殺しにしたらどうします？　監視機の目のまえで」

リーヴズは剃《そ》りあげた頭を手でなでた。「わからない。いま、危ないチームがそれよりは節度ある手を考えていて、こっちが連中より先に隠れ家を発見できるよう願うだけだ。そうなれば、そこを包囲してデッカーたちを強引に連れ出せる」

「あるいは監視機の要請をキャンセルする」キンケイドはいい、リーヴズをちらりと見た。「地上監視も撤退させる。はじめからわれわれの戦いではなかったのだから」

リーヴズはキンケイドの提案をあらゆる角度から考えた。監視作戦を中止すれば、デッカーとリーヴズの課とをつなぐ糸は切れたも同然で、この後なにが起きようと彼には関係ない——だが、釈然としない。ガンサー・ロスがデッカーやマッケンジーを追いかけていることこそが、リーヴズの勘の正しさを物語っている。ロスはスティール誘拐事件のすぐ下で漂流している氷山の見えない部分と関係している。

「いや。これがどこへつながるか調べなければならない」リーヴズはいった。「ガンサー・ロスにはなにかある。いまはそれを嗅ぎつける唯一のチャンスかもしれない」

「そういってくれると思ってました」キンケイドがいった。

それに対してリーヴズがいいかけたが、衛星電話にさえぎられた。〝ジャナ〟が持ち場につき、仕事にかかろうとしていた。

50

リーヴズは衛星電話を耳に押しあて、ジャナのセンサー・オペレーターが流す情報に一心不乱に耳を澄ました。ＪＡＮＡ《ジャナ》とは、ハリウッドヒルズ上空を旋回する大規模に改修されたセスナ１８２のコールサインだった。ＦＢＩがロサンゼルス都市圏上空で飛ばすほぼ同型の二機のうちの一機である。不慣れな裸眼には、ジャナは南カリフォルニアの空港と空港を結ぶ混みあったルートを飛行する民間機と映るが、地上の連邦捜査官にとっては空飛ぶ宝物だった。

〝ジャナ〟の胴体部には、向きを変えられ、暗視機能と赤外線機能で録画可能なカメラがマウントされており、車両を捕捉し、いかなる条件下でも自動的に追跡できる。高度千二百から千八百メートルを飛んでいるが、排気消音器でエンジン音が抑制されているので、偵察飛行中に地上から注目されることはまずない。いまも、ハリウッドヒルズを走るマーフィーのセダンとガンサーの白いレンジローバーの両方を寸分の狂いもない精度で追跡しているが、リーヴズとキンケイドは同機をまだ目視できていなかった。

「第一目標はマルホランドへ左折した」ジャナに乗るオペレーターがいった。

リーヴズがキンケイドに早口でささやいた。「マーフィーはマルホランドへ左折」

キンケイドがそれを無線機でヴェイル特別捜査官に伝えた。彼女はビバリー・グレン・ブルヴァードを行く二台の四百メートル前方にいる。ヒルズへ向かう交通量は安定しており、ヴェイルとレンジローバーのあいだに数台いるので、ガンサーに尾行を見破られる可能性はほとんどない。交通量が減ったら、ヴェイルを移動させる。〝ジャナ〟が上空にいるので、リスクを冒す必要はなかった。

「第二目標がマルホランドへ左折した。第一目標とのあいだに四台」〝ジャナ〟がいった。「第二目標の真うしろの黒いSUVは関係があると思う。赤信号なのに交差点を突っきって、第二目標のうしろについた」

「同感だ」リーヴズはいった。「尾行車は複数台いると思っていた」

「了解。目標車両をもう一度まえから順に指定する。第一目標、第二、第三の順だ」

オペレーターがいった。「ちなみに、ビバリー・グレンよりマルホランドのほうが交通量はかなり少ない。東へ行くとさらに減る」

「了解」リーヴズはいい、衛星電話の送話口を手でふさいでキンケイドに話しかけた。「尾行二台めを確認した。マルホランドの交通量は少ない」彼はいった。「ガンサー一味の車は目立つだろうな」

「彼らは気にしないかもしれませんよ」キンケイドがいった。

二車線の道路は曲がりくねりながら、サン・フェルナンド・ヴァレーとあたりの丘の中腹を一望できるゲートつき高級住宅地を過ぎて、坂をのぼっていった。マッケンジーはハリウッドヒルズの家を借りたか、彼女とのつながりを見つけられないペーパーカンパニー名義で購入したのだろう。リーヴズは賃貸だと見ていた。二十年ほど調査活動に携わってきたが、隠し資産を長く隠していられることはほとんどなかった。マッケンジーも知っているはずだ。

「第二および第三目標がマルホランドから、画面のオーバーレイマップで〝ナローズ展望台〟と表示された小さな土の駐車場へ入った」〝ジャナ〟がいった。

「そこなら知っている」リーヴズはいった。「写真スポットだ。マルホランド沿いでヴァレーとLAを同時に見晴らせる場所のひとつだ」

「了解。地図に記入しておく」

「写真を撮るために寄ったとは思えないな」

「そうでしょうね。両方の車から全員が降りた」

「顔のクローズアップ写真を撮れるか？」

「第一目標の追跡を解除しないとできない」〝ジャナ〟がいった。

「写真撮影にかかる時間は？」

「二、三秒。ズームインするだけだ」〝ジャナ〟がいった。「しかし、第一目標が木で覆われた道路へ入れば見失う危険がある」

「道路沿いにいけそうな場所はないか？」

「待機《スタンドバイ》せよ」オペレーターがいった。

「ヴェイルはどこだ？」リーヴズはいい、キンケイドを肘《ひじ》で突いて合図すると、キンケイドがヴェイルに現在地を尋ねた。

「左折してマルホランドに入ったそうです」キンケイドがいった。

リーヴズはタブレットに表示した地図で、交差点から展望台までの距離を測った。

「いま左折した地点からマルホランドを一・五キロちょっと行った展望台の駐車場にガンサーが入ったとヴェイルに伝えろ。おれの記憶が正しければ、十台ほど駐められる未舗装の駐車場がある。場所が空いていたら、ヴェイルもそこに寄らせて、景色を眺めるふりをさせろ。ガンサーがまた出発しようとしたら、彼らより先にマルホランドへ出てほしい。そうすれば彼らにスピードを落とさせてマーフィーを逃がすことができるかもしれん」

キンケイドがその命令を伝えているときに、〝ジャナ〟のセンサー・オペレーターから連絡がはいった。

「あと約一分で第一目標は見通しのきく区間に入る。第二、第三のクローズアップを撮影したあとで、追跡に戻れる」

「やってくれ」リーヴズはいった。「おれの追跡チームのひとつが展望台手前一・五キロ地点を走っている。そちらが第一目標を追尾するあいだ、駐車して彼らから目を離すなと命じてある」

「了解。追尾する目標を切り替えるときに連絡する」

それから一分とたたないうちに、リーヴズとキンケイドは、ビバリー・グレン・ブルヴァードとマルホランド・ドライブの交差点に到達し、ぎりぎり黄信号で通過した。マルホランドを東へ二、三百メートル走ったところで、〝ジャナ〟のセンサー・オペレーターが衛星電話で声をうわずらせて報告してきた。

「第二および第三目標から第四目標が出てきた！」オペレーターがいった。

「もう一度いってくれるか？」リーヴズはいいながら、戸惑いの表情を浮かべるキンケイドを見やった。

「ハイレゾ画像を撮ろうとズームインしたとき、彼らはドローンをハンドローンチした。信じられない！　一般市民が十人以上いるまえで」オペレーターがいった。

「どんなドローンだ？」

「ここから見るかぎりではＲＱ－12ワスプ」オペレーターがいった。「おそらくソーラーモデル」

「性能は？」

「今日のようによく晴れた日の連続飛行時間は九十分。赤外線撮影可能なハイレゾカメラ搭載」オペレーターがいった。「最高時速約六十五キロ。巡航速度はだいたい五十キロ」

「要するに、彼らが第一目標を見失うことはないということか」

「あと十五秒程度で第一目標がマルホランドからそれないかぎりは、そういって差し支えない」オペレーターがいった。「第四目標が上昇中、東へ旋回している」

「展望台にいながらドローンを操縦できるのか？」

「ＲＱ－12の接続距離は五キロなので、彼らは車に戻っていきます。安全な距離で第一目標を追跡し、車内から監視するんでしょう。操縦装置は手で持つタイプです。ノートパソコンより小さい」

リーヴズはキンケイドを肘でつついた。「ヴェイルはどこだ?」

「そろそろ展望台に到着します」

「そのまま通過させろ」リーヴズはいった。「ガンサーは軍用レベルのドローンを飛ばした。車に戻って走り出そうとしている。ヴェイルに、制限速度で走行し、指示を待てと伝えろ」

キンケイドはヴェイルに指示をくり返し、リーヴズは状況を分析した。ガンサー一味とはいまは同等の立場にある。〝ジャナ〟が上空を去り、リーヴズがセンサーを失うまでは。ガンサーがすぐにマッケンジーを攻撃する気なら、ドローンを飛ばしているあいだにやるだろう。少なくともあと一時間は〝ジャナ〟に上空にいてもらわなくてはならない。ドローンがいなくなったら、リーヴズはマッケンジーの隠れ家へ接近する方法を考え、FBI以上に大きな問題がせまっていることをマッケンジーに知らせることもできる。だが、ワスプが空を飛んでいるうちはできない。

「第四目標は第一目標上空を通過した」オペレーターがいった。「目標を捕捉したと見てまちがいない」

「了解」リーヴズはいった。ある考えがひらめいた。「なあ。トーリ・ブリーンに直

「彼女に連絡して、彼らがドローンを回収するまで、〝ジャナ〟に上空にいてもらえるよう頼み込む」リーヴズはいった。「第一目標が空中監視されているのは、気持ちが悪い。おれが介入すれば、危険な連鎖反応を誘発しかねない。できれば、そちらからまず彼女にドローンがいることを知らせてもらえないか。そうすれば、〝ジャナ〟の使用時間延長を了承してもらえるかもしれない」

「ただちに連絡する。この連中が何者かは知らないが、あれは軍事テクノロジーだ。不穏きわまりない」

「それは控えめな物言いだな」リーヴズはいった。「恩に着るよ。ありがとう」

「礼をいうのはまだ早い」オペレーターがいった。「ミズ・ブリーンはちょろい人ではないから」

「まったくだ。わかったら教えてくれ」

「スタンドバイ」

待つ。リーヴズの権限では、いまはそれくらいしかできることはない。しばらく待ってようすを見るしかない。


接連絡できるか?」

「できる」オペレーターがいった。

51

「ミスター・ロス。彼女たちは食料品をおろしました。裏庭のプール際のテーブルについているターゲット二名を捉えています」ラミレスがいった。「ハーロウ・マッケンジーとソフィー・ウッズだと確認できます」

ガンサーは肩越しに、膝のうえにドローンの操縦装置を置いている工作員をちらりと見た。「とびきりの知らせだ」ガンサーはいった。「バッテリー残量は？」

「充分です。あと四十分は飛べますが、そうしないほうがいいと思います。ワスプはとても静かですが、家の外を人がうろついているので、気づかれるおそれがあります。いますぐドローンを回収して充電することを勧めます。彼女たちがもし外出するなら、追跡するには完全に充電したドローンが必要になります」

「気づかれない程度の距離を置いてパーキング軌道で飛ばせておけないか？　だれかが家を出たらわかる距離で？　だれも外にいなければズームインして、敷地の詳しいようすを動画に撮れたりしないか?」

「ここではむずかしいかもしれません」ラミレスがいった。「ドローンが一カ所にとどまっていると目を引きます。ここには裕福で特権的な人々が住んでいます。警察に通報されれば、LAPDのヘリコプターを相手にすることになります」

「きみの判断にまかせよう。もう一度上空を飛んでから、回収にかかってくれ」

「わかりました。マルホランド沿いにある脇道を選ぶ必要があります。適した道をいくつか地図で見つけました」

「いいだろう」ガンサーはそういうとドアをあけ、マッケンジーの隠れ家から一ブロック手前にある展望駐車場の反対側に向かって歩いた。

バーバラ・ファイン展望台は、彼らがドローンを飛ばしたナローズ展望台と比べるとやや興ざめだった。乾燥した丘の中腹に見え隠れする大邸宅の屋根のほかには、これといって見るものはなく、風景は期待はずれだった。ガンサーは衛星電話をとり出し、ジェイコブ・ハーコートの直通番号にかけた。

「マッケンジーを見つけたといってくれ」ハーコートがいった。

「ハーロウ・マッケンジー、ソフィー・ウッズ、キャスリーン・マーフィーを確認しました。パメラ・スタックがマーフィーの車に乗っているのはほぼ確実です。彼女たちが家に帰りついたかどうかは確認できませんでした」

「気づかれた可能性は？」

「ありません。早めにドローンを飛ばしました。地上監視中はまったく危険を冒していません」

「ＦＢＩはどうだ？」

「二日まえにマッケンジーと仲間の監視からほぼ撤退しています」ガンサーはいった。「ナチュラルフーズの駐車場付近に彼らの気配はありませんでした。すべてがあっというまのことで、対応できなかったのでしょう。こちらは二十分以内にそこへチームを送りました」

ラミレスとキャルヴィンが、ビバリー・グレン・ブルヴァードを進むガンサーのＳＵＶの後方を走り、監視されていないか確認した。後方のどの車両にも疑わしい動きはなかった。

「いますぐその家を襲撃できるか？　とにかくすぐにこのごたごたを片づけたい」ハーコートがいった。「今夜、フリストにこっちに来させる。あのまぬけに週末を全部つぶされたくない」

「万全を期すには空中監視を分析する必要がありますが、日中の襲撃は無理でしょう。ターゲットの邸宅はゲートつき住宅地にあります。入口は一カ所。出口も一カ所。ゲートに警備員が二名」

「警備員二名？」ハーコートがいった。「五分で済む仕事じゃないか」

「そうですが、邸宅はその地区の奥まった場所にあり、車両が絶えず行き来していま す。最高級車ばかりです。リスクが大きすぎます。だれかに九一一に通報されたら、ただではすみません。ビバリーヒルズPDも本気を出してきます」

「いいだろう。だが、できるだけ早く決着をつけなくてはならない。エイルマンの施設での事後レポートは読んだか？」

「読みました」

「では私の懸念はわかるはずだ。デッカーとやつがかき集めた部隊がうちの地所に落下傘降下するなどあってはならん」

「彼が同じ戦法を二度使うとは思えません」

「そういう意味でいったのではない！」ハーコートがいった。「この男はかなりの資源を利用できる。万が一デッカーが私に会いにきた場合に備えて、取引材料が必要だ。それに、何度でもいうぞ――ジェラルド・フリストといっしょにこれから二週間もセーフルームに閉じ込められたくない」

「月曜が重要法案の採決の日でしたね？　そのあとならフリストがどうなってもかまわないのでは？」

「本気でいっているのか？」

「すみません。まずい冗談でした。今夜、マッケンジー側の問題を処理して、そのあとデッカーに的《まと》を絞ります。デッカーもなかなかやりますが、そこまでではありません」

「そういう言葉を聞きたかった」ハーコートはそういってから口をつぐんだ。「マッケンジーと仲間に関してだが？　縛りはない。制限もない。やるべきことをすべてやれ」

「喜んで」ガンサーはいい、通話を終えた。

彼はレンジローバーへ歩いて戻り、さっと乗りこんだ。

「ラミレス？」

「はい、なんでしょう？」

「さっきプールがあるといっていたな」ガンサーはいった。「裏庭の広さは？」

「この地区で最大級ですね。プールは裏庭の約四分の一を占めています。その横に、焚《た》き火台のあるばかでかい敷石のパティオがあります。それ以外は緑の芝生」

「その芝地はヘリコプターが降りられる大きさか？」

「ヘリコプターのサイズによります」

「シコルスキーS－76を考えている」

「ローターの直径は？」

ガンサーはラミレスと仕事をするのが好きだった。この男は頭が切れるうえ、イージスの工作員の大半がどうでもいいと思っている知識と技能を大切にする。

「待て」ガンサーはいって、ラップトップのキーボードを猛然とたたいた。「十三・四一メートル。全長十五・八五メートル」

「パイロットの腕は？」

「ナイト・ストーカー（特殊作戦航空群の愛称）・レベルだ」ガンサーはいった。

「なら、問題ないでしょう」ラミレスがいった。

52

肩を思いきりつねられて、ハーロウはうたたねからはっと覚め、広々とした部屋の革張りのカウチで身体をまっすぐ起こした。ソフィーが大まじめな顔で立ちはだかっている。

「なにごと?」目をこすりながら、ハーロウはいった。

「プール屋」ソフィーがいった。「らしき男」

ケイティとパムが、カリフォルニア州の規則から大きくかけ離れたP-90コンパクトマシンガンをかかえて、SCIF区域から部屋へどやどやとはいってきた。ハーロウはソフィーの手をつかんで、カウチから立ち上がらせてもらった。拳銃を手にしたサンドラがキッチンに現われ、パティオへ出る引き戸の方へにじり寄った。

「プール屋?」ハーロウはいった。「何人?」

「ひとりだけ。でもこの家の仲介人は、そんなことはまずないといってる」

「でも、プールがあるんだし」ハーロウはいった。まだ頭がぼんやりしている。「掃除しないとならないでしょ」

「かもね」ソフィーは少々落ちつかない顔をしている。「ほかにもある」

「なに?」

「わからないけど。プール屋には見えない」

「なにに見えるの?」

「頭をつるつるに剃りあげた黒人」

「リーヴズみたいな?」

「リーヴズの顔を知らないのよ」ソフィーがいった。「でも人相は一致する」

「わかった」ハーロウはいった。「ひとりなの?」

「そう思う」ソフィーがいった。「私道へ入ってすぐのところにバンを駐めた。なにかおかしい感じがする」

「どうして? どこへ駐めればいいの?」

「表通りから私道をふさがないわね。いつものプール屋なら、母屋に車を乗りつける」

「プール掃除サービスの営業とか?」

「ゲートつき住宅地なのよ」パムがいった。

「ここはいつでも、いろんな業種のトラックが走りまわってる」ハーロウはいった。「ここの人は自分ではなにもしない。芝生刈り。プール掃除。家の掃除。営業に来たんじゃないかしら」

「追い払う?」パムがいった。

「P-90をふりまわさずにね」ハーロウはいった。「カリフォルニアで——そんなことをすれば五年から十年喰《く》らうわ。仮釈放なしよ」

「死ぬよりましよ」

「ここはわたしにまかせて」ハーロウはいって、正面玄関へ行こうとした。

「警戒態勢を解いたほうがいい?」ケイティがいった。

ハーロウは首を振った。「いいえ。後悔より安全をとる」

彼女を先頭に全員が玄関へ行き、二階まで吹き抜けになっている玄関の広間でなるべく身を隠した。ハーロウは玄関ドア横のセキュリティ・パネルに触れてスクリーンをつけ、〝プール屋〟の顔を表示させた。

「なんなの?」ハーロウはいい、仲間に顔を向けた。「リーヴズよ」

パムがすぐに反応した。「ケイティ。P-90をちょうだい。隠し部屋に置いてくる」

「待って。見えない場所にいて。なかにいれるつもりはない」ハーロウはいい、ソフィーに向かってうなずいた。「ちがう場所を探した方がいいみたいね」

「候補はいくつかある」ソフィーがいった。「彼らの追跡を振り切るのが大前提だけど。この場所をどうして知られたのかも、さっぱりわからないし」

「一週間もったわ」ハーロウはいい、ドアの取っ手を握った。「別の場所でも大丈夫よ」

全員が身を隠すと、ハーロウはドアをあけた。クリップボードを持ち、カーキ色のスラックスとライトブルーで半袖《そで》のオックスフォードシャツ姿のリーヴズが、そこに立っていた。

「特別捜査管理官ジョーゼフ・リーヴズね」ハーロウはいった。「プール掃除に来たわけじゃなさそう」

「プール掃除のことはなにも知らないが」リーヴズがいった。「監視のことは知っている」

「おめでとう」ハーロウはいった。「見つけたわね」

「見つけたのはおれだけじゃない。ガンサー・ロスも、ナチュラルフーズからミズ・マーフィーとミズ・スタックをつけていた」

「まさか。ありえない」ケイティが戸口の端から首を出していった。「だれにも尾行されなかったわ」

「この家まで車で尾行したわけではない」リーヴズがいった。「おれは監視航空機でシャーマンオークスからきみたちを追跡させた。ガンサー・ロスはナローズ展望台からドローンを飛ばした。ドローンはこの家の上空を何度か旋回してから、ここから一・五キロほど南のマルホランド脇のゲートのない住宅地に着陸した」

「くそ」ケイティはいった。

「まったく同感だ」リーヴズはいい、ハーロウの目をまっすぐ見た。「話し合う必要がある」

「デッカーのことは話さない」ハーロウはいった。

「頼むつもりはない。そのことでここに来たわけではない」

「どうしてここに来たの？」

「はいっていいか？　ガンサーの一味が付近を離れたのは確実だが、危険を冒したくない」リーヴズはそういって、私道の先のバンに目をやった。「見てわかるとおり」

「令状はある？」

「ない。令状は持っていないよ、ミズ・マッケンジー。いっただろう。そのためにここに来たわけじゃない」

「じゃあ、もう一度訊く。どうしてここに来たの?」

「ガンサー・ロスのことで、きみに警告するためだ」リーヴズがいった。

「ほかの人に来させればよかったのに」

「裏づける証拠はなにひとつない——第六感だ。そこできみに協力してほしい。ステイール上院議員のために、娘の誘拐事件の真相解明に力を貸してほしい」

ハーロウはリーヴズに入るよう合図し、彼が玄関広間に入るとドアを閉めた。

「よくない知らせがいくつかある、リーヴズ特別捜査官」ハーロウはいった。

「ジョーと呼んでくれ」

「ジョー。あなたが求めている証拠はわたしたちにはない」ハーロウはいった。「あるのは、とんでもない仮説。その仮説を支えるものといえば、状況証拠といえるかいえない程度の大量の材料だけ。でもやっぱり、突飛な仮説にすぎない」

「どう突飛なんだ?」

ハーロウは、メガン・スティール誘拐事件におけるハーコートとフリストの役割、デッカーがメガンを発見したあと事態が急速に制御しきれなくなったわけをざっと語った。

「いまのは省略版よ」仮説を話し終えると、ハーロウはいった。「偽のプール清掃用書面にあなたのEメールアドレスと盗聴されない電話番号を書いて。まとめたファイルを送信するから、ひとつひとつ読むといい。ファイルには膨大な資料が入っているわ」

リーヴズがいわれたとおり書き、ハーロウに紙を手渡した。

「ただちにここを出たほうがいい」リーヴズがいった。「ガンサーはグレンデールの倉庫へ入ったが、駐車場はほぼ空だ。なにかたくらんでいる。賭けてもいいが、この家と大いに関係があるぞ」

「警告に感謝するわ」ハーロウは玄関ドアをあけながらいった。「三十分くらいあとに電話する。それだけの時間があれば、ファイルをダウンロードして、携帯電話基地局のサービスエリアから充分に離れることができるはず」

「衛星電話の番号を書いておいた」外に出るとき、リーヴズがいった。「用心しすぎることはないからな」

リーヴズが外に出たとき、ハーロウはドアを閉めようとして、ふと手を止めた。「正確にはどうやってここを見つけたの？」

「おれの質問に答えてくれるならおれも答える」

「いいわよ」

「ミズ・マーフィーが顔認証でヒットした」リーヴズがいった。「だが、彼女のミスじゃない。二、三日まえにナチュラルフーズの駐車場のかなり近くにカメラが移動されていた。探知を避けるためにきみたちが使っているアプリでは、その移動が更新されていなかったんだろう」

「ではガンサー・ロスは、そのカメラ・ネットワークにアクセスできるのね？」ハーロウはいい、やれやれと首を振った。「あの連中をどうしても止めないと」

「ああ。そうだな」リーヴズがいった。「こっちの番だ」

「どうぞ」

「最近のミスター・デッカーのようすは？」

彼女は短く笑った。「デッカーはデッカーよ」

「答えになってないな」リーヴズはいい、微笑んだ。

「質問が悪かったのよ」ハーロウはそういい、ドアを閉めた。

53

マーガレット・スティール上院議員は自分のオフィスで、時間を意識しながらリーヴズ特別捜査管理官からの電話を受けた。六時から七時までのあいだに、アナポリスにあるメリーランド州議会議事堂でひらかれるカクテルパーティでスピーチすることになっている。彼女の希望としては、十分間スピーチをして、パーティに半時間ほど参加してから会場を抜け出し、セバーン川を見晴らす友人宅で、数人の友人たちとの心置きない夕食会に出たかった。

デッカーの心配をして一週間を過ごしたので、友人たちとくつろぎ、何杯か飲んで不愉快なニュースと距離を置いて週末を過ごしたかった。午後の遅い時間にリーヴズから電話がかかるのは、その計画にとって吉兆ではない。

「ジョー。早めに仕事をあがって週末を楽しんだらどう？」リーヴズがわかってくれることを願って、スティールはいった。

「議員。話し合わなければいけないことに出くわしました。重大なことです」

「どの程度、重大なの？」スティールはいった。「アナポリスでスピーチする約束があるので、あと五分で出かけるのだけれど」

「その約束をキャンセルしていただかないといけないほど重大です。イージス・グローバルがあなたの娘さんの誘拐事件とつながっている証拠があります」

「ジョー」彼女はいった。「どこまで非現実的な妄想にひたっているかは知らないけれど――」

「スティール上院議員！」リーヴズが彼女の話をさえぎった。「ただちに議員のお耳にいれなければなりません。でなければ、わざわざこんな話をしたりしません」

スティールはリーヴズの口調にめんくらった。リーヴズはこれまで、彼女の知る法執行機関エージェントのなかで、群を抜いて礼儀正しく思慮深い人物だった。

「なにかあったの、ジョー？　慌てているようだけど」

「どう話せばいいかわからないのですが、とにかく話します。あなたの娘さんはイージス・グローバルに殺害された疑いが濃厚です」

スティールは返事どころか、一瞬すべての思考が消えた。

「ジョー」スティールはようやくいった。「イージス・グローバルのＣＥＯ、ジェイコブ・ハーコートは親友だと思っている。フリスト上院議員が彼に助けを求めたとき、彼はすぐに手を差し伸べてくれたのよ。あなたが外部の関与をいつも嫌っていたのは知っているけれど、娘を取り戻すために考えうるあらゆる手段を取らなければならなかった」

「上院議員。これを口にするのはつらいのですが、フリストも一枚嚙んでいると思います。娘さんが誘拐されたあと、だれがどんなことをしても取り戻せなかったのです」

「そんなこと信じない」スティールは怒気を込めていった。「デッカーはあの子を見つけた。あの男がぐずぐずしていたから、あの子はあの家で死んだのよ！」

「娘さんはあの家にいるはずではなかったのです」リーヴズがいった。「拉致されてすぐに命を奪われ、いなくなるはずでした。ロシア人は彼女があなたの娘だと知り、あとで利用するために生かしておいたのです。デッカーは娘さんを見つけるはずではなかった」

「リーヴズ」スティールはあえてファーストネームを呼ばず、きっぱりいい切った。

「はい？」

「わたしは電話を切り、あなたが電話してきたことは忘れる。あなたにはそれだけの借りがあるから」スティールはいった。「でも、もう二度と電話してこないでほしい。

わかった？　どこまで無礼なの。頭がくらくらする」

「今後二度と口を利いていただけないかもしれないと重々知ったうえで、電話をさしあげました。しかし、あなたが裏切られたと確信しているからこそ、私は友情をこわす覚悟でお知らせしているのです」

スティールは大きく息を吸って吐き、たんに通話を終わらせるのではなく、リーヴズがいま話した狂気の沙汰《さた》について無理やり一考することにした。これまで何度となくやりとりしてきたが、リーヴズは裏づけとなる証拠もそろっていないのに、こんなことはしない。スティールはそう思った。釈明の機会をあたえよう。

「ジョー。五分あげるわ」

四十分後、スティールは電話を終えた――両手を震わせて。スティール上院議員はまたしても自分の世界が崩壊するのを感じた。いわれたことはなにひとつ信じたくなかったが、心の奥底では事実だとわかっていた。胸の奥から怒りがこみあげてきたものの、具体的な証拠もなくこんな話を受けいれるつもりはなかった。リーヴズが証拠をつかんでいないのは明らかだ。政府から与えられたアカウントに送信してもらった書類に目を通してから、リーヴズの真実解明に向けた計画にどこまでつきあうか決めるつもりだった。

スティールは顔の涙をぬぐい、首席秘書であるジュリー・ラーガンを電話で呼び出した。

「いま、お電話しようとしたところでした」ジュリーがいった。「お車の用意ができました。今夜の行事の連絡窓口に、これから――」

「ジュリー?」スティールはいった。「今夜の参加をキャンセルしないとならなくなったの。夜のすべての予定を。一大事が発生した」

「問題ありません。先方に知らせておきます」ジュリーがいった。「わたしにできることはありますか? すべて順調ですか?」

「すぐにオフィスに来てちょうだい」

十秒後、ジュリー・ラーガンがドアをあけてなかへ入り、ドアを閉めた。デスクのうしろの壁にかけてある家族写真を見つめていたスティールはようやくうなずき、ラーガンの入室に気づいていることを知らせた。立ち上がると、ジュリーに近づいた。

ジュリーは驚いたようだった。

「ごめんなさい。怖がらせるつもりはなかった」スティールはいった。

「気にしないでください。夕食会でご友人に会うのを楽しみにしていらしたと思っていましたが」

「楽しみにしていたわ、でも……」彼女の声はしだいに小さくなった。「あなたに異例のお願いがあるの」

「もちろんです」ラーガンがいった。「必要なことならなんでも」

「フリスト上院議員が今週末、どこへ行く予定かどうしても知りたいの。彼は街を離れるといっていたけれど、わたしにはそれしかわからない」

「調べて、すぐにお知らせします。ほかには?」

スティールは首を横にふった。ラーガンがドアへ向かいかけたが、呼びとめた。

「ジュリー?」スティールはいった。「これを知るためにあなたがどんな手を使ってもかまわない」

第四部

54

戦術的な改造を施されたシコルスキーS－76Dが西に旋回し、サンタモニカヒルズに向かって急降下に入ったとき、ガンサー・ロスは上からぶらさがるストラップを握る手に力をこめた。パイロットがヘリコプターを水平にし、目標への最終進入路に正対するまで、彼の胃はずっと前にのめって《ピッチ》いた。

「一分！」副操縦士が叫んだ。

　ガンサーはシコルスキーS－76Dの客室区画を見渡した。隊員七名からなるチームは、自由な動きを制限する体の保護よりスピードと機動性を重視して、着慣れた私服のうえに基本的なプレートキャリアを身につけていた。抵抗されることもほぼなく、二分以内で家屋への侵入脱出を完了できるとガンサーは予想していた。

　ヘリコプター着陸のショックが薄れて、住人が抵抗してきたら、チームもそれに応じて動く。ガンサーはチームが守るべき厳格な交戦規則《ROE》を設けていた。破壊的な手段が必要になっても、重要ターゲットをなるべく捕虜にすることになっている。重要ターゲットとはマッケンジーとその仲間のことで、とりわけマッケンジーについては、生け捕りにすることを最重要視していた。

いかなる事態であろうと、ガンサーの許可がなければ、マッケンジーを殺傷してはならない。彼女がいなければ、デッカーに対して影響力を及ぼすことができなくなる。デッカーの娘と両親の捜索はすべて失敗に終わった。マッケンジーの仲間の殺傷も最後の手段としてのみ認めているが、どちらのカテゴリーにも属さない者は好きにしていい。

ヘリコプターが着地して最初の三十秒でその後の作戦の基調が決まるだろう。マッケンジーたちが武器を手にしてガンサーのチームを撃退しようとしたら、マッケンジーの仲間の虐殺を防ぐ手だてはガンサーにはほとんどない。イージスの各急襲隊員はサイレンサーつきＨＫ４１６Ｃアサルトライフルと六つの予備弾倉を持っている。マッケンジーがなにをしようが、あっというまに終わる――願わくは、マッケンジーには生き残ってほしい。

この戦闘シナリオを展開させないために、ヘリコプターを最初に降りた三人は、ただちにマスター・ベッドルームの確保にかかる。家の間取りは、作戦センターの作戦立案者がオンライン賃貸広告ページを調べて特定してあった。

ドローンの赤外線映像を見ると、マスター・ベッドルームはほかの部屋より室温が高く、コンピュータ設備と人間が集中していると思われた。マッケンジーと仲間が慌てふためくまえにチームがマスター・ベッドルームに到達できれば、ガンサーはマッケンジーたちを人質にとり、デッカー事態を鎮圧できる。

「三十秒！」副操縦士が叫んだ。

ガンサーは戦術無線機のスイッチをいれた。「ROEを忘れるな。生きたマッケンジーが必要なんだ」

隊員たちがうなずき、武器を確認するあいだ、ガンサーはラミレスに最終状況報告《シトレップ》を求めた。ラミレスは、サミット・エステイツの入口ゲート前の道を下ったところに駐めたSUVのなかでドローンを操作している。

「ウォッチタワー。ターゲットまで二十秒」ガンサーはいった。「最終シトレップを頼む」

「こちらウォッチタワー」ラミレスがいった。「ブラインドが下ろされているので目視できません。マスター・ベッドルームからまだかなりの赤外線が出ています。二階のリビングルームでも少し感知されていますから、そこにターゲットが集合しているかもしれません。楽しい狩りを」

「おれたちの周辺から目を離さないでくれ」ガンサーはいった。

彼はドアのラッチを握り、反対側にいる隊員に同じようにしろと顎で合図した。全員が機内を移動し、ヘリコプターから降りるドアのほうを向いた。ガンサーが最初に右側ドアから出て、ブラボー班を連れてパティオの引き戸へ行き、そこから侵入し、右に曲がってリビングルームに入る手はずだ。

「ドアをあけろ！」副操縦士が叫んだ。

ガンサーは片手でラッチを引き上げ、別の手で重いドアを外側へ押しあけ、さらに両手で後方へスライドさせた。暖かい風が荷物室へどっと流れこんできたと同時に、丘の斜面に立つ家々の明かりが彼らに向かってせり上がってきた。照明がついているテニスコートを右手に見ながら通過したとき、テニスに興じる者たちの驚愕《きょうがく》の表情が一瞬だけ見え、ヘリコプターの強力なダウンウォッシュで舞い上がった砂ぼこりのなかに消えた。

テニスコートと入れ替わるように、ほんの一瞬、風でまばらになった低木の生える急斜面が見え、その後、青く光るプールが視界に入った。ヘリコプターの車輪が地面と静かに接触したとき、降りてよしと叫ぶ副操縦士の声も聞かずに、ガンサーは芝地へ飛び降りた。

　ガンサーは短く刈りこんだ芝生の小さな区画を全速で走り、煌々《こうこう》と明かりのついたパティオに達し、母屋と接する蔓棚《つるだな》に向かった。侵入地点まで残り六メートルに近づくとペースを落とし、チームの突破隊員を自分のまえに移動させた。

「ブラボー・スリー。ショットガンでガラスを撃て」ガンサーはいった。こちらの勢いを削がれたくない。

　侵入任務を負った隊員はセミオートマチックのショットガンを持ちあげ、走りながら正面のガラスを数度撃った。ガラスの粉砕に特化したショットガンの散弾は、巨大な一枚ガラスを即座にこなごなにし、屋内の硬材にガラス片の雨を降らせた。

「ブラボー・チーム、入る」ガンサーはいった。「抵抗の気配なし。不意をついたようだ」

55

ハリー・バーンスタインことバーニーは操縦桿《かん》を静かに左へ引き、古くさい飛行機を正しい針路へ戻した。中央制御パネルの上に取りつけられたフリップダウンモニターを一瞥《いちべつ》し、投下針路の真んなかを飛んでいることを確認した。投下地域の真上を正確に通過するためだ。グライドパス画像下の表示によれば、投下地点までの距離は二・四キロ。

バーニーは長いあいだこういうことをしてきたから、投下地域までの時間表示を見るまでもなく、三十秒前通告がまもなく出ることがわかっていた。モニターから目を離す直前に〝三〇SEC〟の表示が光った。彼は頭上に手をのばしてパラシュート予告灯のスイッチをはじき、貨物用後部ランプ横にある小さく赤い〝STBY《スタンドバイ》〟のライトを点灯させて、投下地域への最終進入路に入ったことを搭乗員に知らせた。

バーニーは操縦桿で微調整をつづけ、投下針路の中央を維持した。今夜のベトナム戦争時代のC－123は、いつもより少しばかり手がかかった。生まれてこのかた十数人の持ち主を渡り歩いてきた五十二歳の空飛ぶ鉄の塊《かたまり》なのだから、無理もない。

整備費用を捻出できなくなったアリゾナ州の飛行クラブから、この退役した軍用輸送機をバーニーが購入してから十年近く経《た》つ。高い買い物ではあったが、大きな貨物輸送能力と後部積載ランプという利点のほかにも、バーニーの航空機ラインナップに独自の強みができた。まさにその強みであるサービスを、今夜の顧客は求めていた。

バーニーはモニターを再度見て、正確にあと五秒で投下地域の真上千五百メートルの三次元ポイントを通過すると予測した。左手で操縦桿を安定させておき、右手を伸ばしてスタンバイ・スイッチをひねり、体内ストップウォッチで五秒経過を確認するまで、ランプ横の赤いライトを点滅させた。指が反射的にその隣のスイッチをはじいた。

数秒後、ヘッドセットから報告が聞こえた。「荷物三個投下。高度回復の準備に移る」

「三千メートルまで上昇し、ゆるやかな旋回を開始する」バーニーはいった。

「ここでいつまで旋回できる？」搭乗員リーダーがいった。

「わからない」バーニーはいった。「いまDCの最新の防空識別圏のずっと外にいるが、神経過敏の航空管制官がひとりいれば、今夜は台無しになる」

56

ジェイコブ・ハーコートは携帯電話のメッセージを読み、ハーコート以外だれも座ったことのない十七世紀スコットランドの肘掛け椅子《カクトゥーズ》にどさりと腰をおろしたフリスト上院議員にちらりと目をやった。週末の滞在のためにフリストがやってきて二時間経つが、メッセージを読んでも心は休まらなかった。

「それで？　あの連中は手中にあるのか？」フリストがいった。

「はい。私たちの手中に」ハーコートはいい、精一杯の穏やかな笑みを作った。サクラ材を張った書斎の反対側の壁際に置いたデスクの横、極上の酒ばかり集めた作りつけのカクテルキャビネットを手で示した。二十万ドルもしたハイランド氏族《クラン》の古美術品からフリストを引き離したかった。「祝杯をあげませんか？　私の酒のコレクションは、こんなときにふさわしいと思います」

「きみと同じものをもらおう」フリストがいい、座り直した。「玉座にしてはひどく座り心地が悪いな」

ハーコートは機をのがさなかった。「ああ、それは玉座ではありませんよ。それどころか、その対極です。その時代にありふれていた椅子です。十七世紀ですが」

「どうりで。座った瞬間、こりゃがらくただと思った。高価ながらくた。気を悪くしないでくれ」

「まったく」ハーコートはいった。「ハイランドのシングルモルト、ダルモアの五十年なんかどうです？」

フリストは立ち上がり、それまで折りたたみ椅子にでも座っていたかのように、眉間に皺《しわ》を寄せて古美術品を見た。

「ジョニーウォーカーの青クラスがよさそうじゃないか」フリストはいい、カテドラル天井まである大きな窓際に置いてあるふかふかの革張りの椅子に向かった。「華やかにいこう」

フリストは一本七千ドルのスコッチではなく、一本百八ドルの格下ウィスキーを選んだわけだが、ハーコートはそれを指摘するつもりはなかった。この週末の数少ない楽しいひとときをぶち壊すこともない。フリストが椅子に座り、窓に顔を向けると、ハーコートはラッカーを塗ったサクラ材のカウンター下の棚をあけ、贈答用に十本ばかり置いている未開栓の箱入りジョニーウォーカー青ラベルをひとつとり出した。

ハーコートはそっと箱をあけ、ボトルの封を切り、コルクを抜いた。芳醇《ほうじゅん》な香りが漂い、これも上物のスコッチにはちがいないと思った。いちばん値の張るやつではないが。とはいえ、こんな早い段階で自分の基準を下げるつもりもなかった。フリストと過ごす週末ははじまったばかりだ。こういう機会が何度もめぐってくるのは確実だ。

「ツーフィンガーですか?」ハーコートは訊いた。

「ダブルで頼む。デッカーがまだ逃げているから、景気付けの一杯がぜひともほしい」フリストがいい、げらげらと笑った。

「ダブル、ですか」ハーコートはファイン・クリスタルのタンブラーを満たした。

「ここではなにも心配することはありません。最新鋭の警備システムはいうまでもなく、高度な訓練を受けた六十人以上のイージスの契約社員が待機しています。警備室はご覧になりましたね。家と敷地は隅々までセンサーで監視されていますし、愚かにもまたスカイダイビングでもしてきた場合に備えて上空も見張らせています」

「わかっている。わかっているとも」フリストがいった。「ゴールラインの一歩手前にいるというのに、彼のことをつい考えてしまう。ここへ飛んでくることになって、恐ろしくて生きた心地がしなかった！　ヘリコプターに乗りこんだとき、デッカーが副操縦士席から振り向きざまに私の頭を撃ちぬくのではないか、とな」

「ジェリー。テレビの見すぎですよ。デッカーは多くの資産《リソーシズ》を使える男ですが、ひとりきりです」

「同じような伎倆の友だちを見つけたらしいじゃないか。エイルマンの件は災難だったしな」

「せいぜいふたりきりです」ハーコートはいい、ダルモアをツーフィンガー分注ぎ――そのあとさらにツーフィンガー分をくわえた。「それに、究極の取引材料がありますす」

「デッカーの娘を確保していれば、もっと究極の取引材料を手にしていたのにな。あれほどすばやく身を隠されたことも気がかりだ」

「マッケンジーに先を越されました」ハーコートは酒のグラスを運びながらいった。

「とにかく、マッケンジーはもう退場した。エイルマンを見つけ出したくらいだ。ほかにどこまでつなぎ合わせていたことか」グラスを手にした上院議員が乾杯しようと提案した。「デッカーの死に」

　フリストの視野の狭さにはときどきいらいらさせられる。数十億ドルの契約を取りつけようというときにはなおさらだ。

「月曜日の採決に」ハーコートはいった。「採決できますように」

「すまん。大局を見ていなかった」フリストはそういってから、ハーコートとグラスを合わせた。「月曜日に乾杯」

「月曜日に」ハーコートはいい、五十年ものの酒をたっぷりと飲んだ。

スコッチを口にいれるとすぐに広がる、ぴりっとしたマーマレード、香ばしいコーヒー、そしてチョコレートも混じる風味を味わうまもなく、デスクの携帯無線機が音をたてた。

「ミスター・ハーコート！　屋上の監視員から、三つのパラシュートが敷地の南端方面に降下してくると報告がありました」

フリストは酒を一気に飲みくだしてから、大理石のコーヒーテーブルにタンブラーをたたきつけるように置いた。

「たいしたことではない」ハーコートはいい、グラスを手にデスクへ戻った。ひとくち飲んでから、デスクの無線機をとった。「現状はどうだ、ダッチ？」

「パラシュート降下してくる者が二名、そしてなにかの荷物がひとつです」警備主任がいった。「ごく低空で開傘しました。十秒後に着地します」

「荷物?」ハーコートはいった。

「人間でないことはたしかです」ダッチがいった。「ペリカンケースくらいの大きさです」

「空中誘導装置を使っているのだろう。GPSつきの」

「爆弾じゃないのか!」フリストがいい、グラスをつかんでから、大きな窓から慌てて離れた。

「爆弾ではありません」ハーコートはそういうと、声を落とし、フリストから顔をそむけた。「ダッチ。その荷物が屋敷に落ちる可能性は?」

「ありません。すでに林に落ちています」ダッチがいった。「南側フェンスからおよそ百八十メートルです。監視員のひとりが距離計《レンジファインダー》で確認しています」

「パラシュート降下してきたふたりは?」

「荷物よりずっと後方に着地しました」

「割《さ》ける人員をすべて急行させろ」ハーコートはいった。「彼らを近づかせるな」

「何人残しますか?」

「きみだけでいい」ハーコートはいった。「屋敷を厳重に封鎖しろ。デッカーと仲間が死ぬまでは、だれも入れるな」

「それはいい考えとは思えません」ダッチがいった。「数人のチームを残したほうがまだ安心です。念のために」

「四人、プラスきみだ。一カ所に集めておけ。やかましい連中にうろついてもらいたくない」

「了解しました」

「彼らを遠ざけておくためのプランは？」ハーコートはいった。

「全地形対応車《ATV》四台に三名ずつ乗ります」ダッチがいった。「デッカーよりまえにその荷物の落下地点にたどり着きたいのです。残りは予備チームとともに敷地内の散開線にまわします」

「相手が大隊でも押しとどめられそうだな」

「あの荷物まで先にたどり着けるなら。なにを持ち込んだかわかりませんから」

「頼むぞ、ダッチ」ハーコートはいった。「私は書斎にいる」

「緊急避難室《セーフルーム》に入っていただけるともっと安心なのですが」

「きみと集められた人員に全幅の信頼をおいている。逐次報告してくれ」ハーコートはいうと、デスクに無線機を置いた。

「承知しました」無線機から音がした。

フリストはバーカウンターでもうおかわりを注いでいる。「セーフルームに入ったほうが、私ももっと安心だ」彼はいった。グラスの縁までスコッチがなみなみと注がれた。

「ジェリー。ゾウを殺せるほど大量のスコッチをがぶ飲みするまえに、グラスを置いてついてきてください。見せたいものがあります」ハーコートは書斎の奥へと歩いていった。「またすぐに戻ってきて飲めますから」

フリストがあふれそうなグラスをしぶしぶカウンターに置き、そばにやってきた。ハーコートが小さめの四角いウッドパネルを手のひらで押すと、通常のドアぐらいの大きさの壁が内側へ動き、短い通路とそのつきあたりの真作のピカソが現われた。値のつけられない盗品だ。

「セーフルームは左」ハーコートはいった。「ピカソに向かって」

「ピカソのどこがいいのかわからん」あいた戸口に歩きながら、フリストがいった。

「じわじわとよさがわかってくるものです」ハーコートはいい、フリストのあとを追った。「ダルモアと同じく」

フリストは豪華な内装の部屋を見まわした。「リビングルームのようだな」

「そこが肝です。助けが来るのを待つための場所ですから。四方の壁は耐爆性を備えています。独立した換気装置。四人が二週間過ごせる食料と水。バスルーム。盗聴防止機能のある通信。武器」

「なのに、きみはこれが終わるまでここにいたくないと?」

「書斎の窓も防弾です」ハーコートはいった。「大勝利の前夜だというのに、ネズミみたいにここに隠れていたくないのです。屋敷は安全です。書斎も安全です。それに、ここには数秒で来られます。イージス・グローバルがデッカーをやっつけるあいだ、こっちは酒をやっつけましょう」

57

デッカーは深い森の奥に潜み、ハーコートが餌に食いつく徴候を待っていた。腕時計を見て、首を振った。もう行動を開始してもいいころだが。ピアースの声が静けさを破り、ワイヤレス・イヤフォンから流れてきた。

「強行する必要があると思うか？」

「あと三十秒くれ」デッカーはいった。

「もう着地しているころだぞ。ハーコートの警備員がパラシュートを見逃しているならべつだが」

「見逃しているなら、おれたちはまずいことになる」デッカーはいった。

真正面で一台の車のエンジンがかかり、低く重々しい音をたてた。

「移動を開始する」デッカーはそういって、地面から身体を持ちあげた。

「援護する」ピアースがいった。

デッカーは木々のあいだを全速で走り、隠れていたSUVの助手席側のあいているウインドウからサイレンサーつきライフルの銃身を突っ込んだ。ライフルに取りつけてある六百ルーメンのフラッシュライトを点けると、車内のふたりが両手で目を覆った。

「この車が一センチでも動いたら、おまえらふたりとも殺す」デッカーはいった。

「その手を——少しでも——おろしたら、ふたりとも殺す。わかったならうなずけ」

ふたりはうなずいた。

「また家族に会いたいならうなずけ」デッカーはいった。またうなずきが返ってきた。「ギアはパーキングに入っているか?」

運転手がうなずいた。

「なら、はじめよう」

ピアースが東のハーコートの屋敷の方角にライフルを向け、道の反対側の木々のあいだから現われた。

「問題はなさそうだ」ピアースがいい、二車線の田舎道を渡った。

「おれはいまでもこのふたりを始末する方がいいと思う」デッカーはいった。

ピアースが少し遅れて運転席側のウインドウまえにまわり、ライフルの銃口を運転手の頭に押しつけた。「三十秒かけてこいつらをしまっておく価値はある。ふたりとも生きてここから出たいだろうからな」

「ふたりにとっての価値はな」デッカーはいい、ドアをあけ、ボディアーマーをつけた工作員を路肩へ引きずり出した。

二十秒後、男ふたりは別々の木に手首と足首を結束バンドでつながれ、口にダクトテープを貼られていた。デッカーは助手席に飛び乗り、マスクをはずしたのち、工作員から奪いとった通信器をダッシュボードに置いた。半透明のイヤフォンを通信器に接続したあと、耳に挿しこみ、接続を確認するために送信システムをオンにした。イヤフォンからかちりという音と、そのあとにかすかな空電音が聞こえた。

ピアースがすぐさま運転席についた。「なにか通信が入ったか？」

「なにも。すでに動いているにちがいない」

「ばっちりだ」ピアースがいい、ＳＵＶのギアを入れて発進させた。

ハーコートの屋敷に向かって走っているとき、デッカーはピアースにいった。「屋敷に着いたら容赦《ようしゃ》なくやるぞ」

「ああ」

「その認識でいいんだな」

「ああ」ピアースはいい、急にSUVの速度を落とした。

道路の前方に一瞬ヘッドライトが見え、すぐに消えた。その車はハーコートの屋敷のメインゲートへ続く私道へ入ったらしい。平坦な並木道になっているその私道に、ピアースがそろそろとSUVを入れ、テールランプのあとについて、明るく照らされた警備員の詰め所まで数百メートル進んだ。

「おれが話す」ピアースがいった。

「まずマスクをはずしたほうがいいんじゃないか」デッカーはいった。

ピアースは黒いマスクを引っぱりあげてはずし、ダッシュボードの上にほうった。

デッカーは太腿のホルスターからサイレンサーつき拳銃を抜き、膝に置いた。

「話がうまくいかないときのために」

「まちがっておれを撃つなよ」そういうと、ピアースが前方のSUVのうしろに車をつけた。

「顔を引っ込めてろ。どうすればいいか、わかってるだろ」

「おもしれえ」ピアースはいうと、まえのSUVのバンパーにぴったりつけた。

デッカーはゲートにいる警備員を注視し、まえのSUVへの対応を観察した。このまったく同じ型の車は、東側の私道を監視する持ち場からきたらしい。ハーコートは思ったとおりの反応を見せ、監視していた連中を呼び戻し、敷地の反対側に降下したパラシュートの対応に全人員をあてたようだ。

「手を振って通らせているぞ」ピアースがいった。

「まえの車にできるだけくっついて進め。止まるな」

ピアースは先導のSUVに合わせて加速し、速度がほんの少しでも予想外に変化すればバンパーとバンパーがぶつかってしまうほどくっついていた。ピアースの側にいた警備員のひとりが彼らを止めようと手をあげたが、その横に立っていた警備員が手を振って通過させた。遠方に見えるプランテーション風の白い邸宅までちょうど半分来たところで、無線機が音をたてた。

「〝路上の動物の死骸《ロードキル》〟。こちら〝戦槌《ウォーハマー》〟。通用口へ進め。その入口付近の安全を確認したら、なかへ入ってよし。警備室に出頭し、任務を訊け」

「〝ロードキル・ワン〟、了解」

デッカーはマイククリップを口元へ近づけて、送信ボタンを押した。「〝ロードキル・ツー〟、了解」彼はいった。

「私道でぐずぐずするな。とっとと通用口に来てなかへ入れ。〝ウォーハマー〟、通信終了」

デッカーは送信機を切り、それを膝に落とした。

「〝ロードキル〟だと?」ピアースがいった。

「相手は〝ウォーハマー〟だったな」

「ここのコールサインばかの連中は、いかす名前を考えるのに時間をかけすぎてるな」

「〝ロードキル〟はわりと好きだ」デッカーはいった。

「戦争の神がなんていうかね?」

「〝ウォーハマー〟はおれたちを屋敷の中にいれたがっている」デッカーはいった。

「南側にいた連中は全員パラシュートの対処にまわされたんだろう」

「完璧だ」

「まえのSUVの連中もおれたちと同じ招待を受けた」

「対処できないことはない」ピアースがいった。

ピアースはスモークガラスのウインドウを閉め、マスクをかぶった。デッカーもそうした。〝ウォーハマー〟は、通用口にやってきた車両を念入りに監視しているにちがいない。スモークガラス・ウインドウのおかげで、デッカーが奇襲をかけるまで数秒稼げるだろう。

デッカーはサイレンサーつき拳銃をホルスターにおさめ、引っかからないようにイヤフォンのコードをライフルの下へ滑りこませた。前方を行くSUVは本道を離れ、屋敷の四台用ガレージをぐるりと囲む敷石の車道に入り、そのまま屋敷の裏へ進んだ。グーグルマップの衛星画像と〝バージニアの大邸宅〟のデジタル広告に載った無数の写真で下調べしていたので、その車道が母屋裏手にある敷石の広大な駐車スペースと、ハーコートの高級スポーツカーが並ぶガラス張りの展示室につながっていることはわかっていた。

先導車は四台用ガレージのまえを通り、整然と駐車されたサバーバンの車列を過ぎて、屋根つきの入口で停まった。ここまでは楽なものだった。むずかしいのはここからだ。デッカーはイヤフォンをはずし、それを足下にほうってから、ダッシュボードの上部と同じ高さにライフルを持ちあげた。ピアースがSUVの速度を落とすのに合わせて、ライフルを水平に保ち、引き金から手を放してドアハンドルをつかんだ。

58

ダッチ・ギャラティは通用口まで進んでくる二台のSUVを見つめ、二台が停止するなりカメラの向きを変えた。ガラス張りのガレージの右隅、通用口にもっとも近い場所に焦点を合わせた。床から天井までガラスを張った建物の屋根に設置されたカメラは、南向きの壁を映せるほど下を向いていない。デッカーがどうにか大人数の警備員をすり抜け、敷地内の全カメラをかいくぐったとすれば、ここから侵入すると考えるのがもっとも理にかなっている。

「〝ウォーハマー〟。こちら〝ケベックロミオ・ワン〟」即応チームのリーダーがいった。「荷物にたどり着いた。東の池のそばにある空き地中央に着地している。空中誘導装置つき。非常に高性能だ。あらかじめATV二台をほかの着地点の偵察に送った。木のあいだにパラシュートがちらりと見えた」

「用心しろよ、ジョン」ダッチはいった。「彼らはやるぞ」

「赤外線はなにもとらえていない」

「潜伏しているかもしれない。屋敷へ戻る車を待っているのかもな」

「そう遠くへは行かないだろう。重火器支援チームが援護についている」

　ダッチはぼそりとひとりごとをいった。「連中の腹が読めん」デッカーが数日まえにこれと同じ戦法を使っていなければ、屋敷からあれほど離れた場所への着地でうまくいったかもしれないが、この状況でどうやって気づかれずに屋敷に近づくつもりなのか、ダッチにはわからなかった。ジョンがいったように、ATVを一台乗っ取れば、ある程度までは近づけるだろう。だが、こっちは歴戦の工作員五十人以上が敷地に散らばっている。たしかにデッカーにも伎倆はあるが、屋敷に近づく方法はない。たとえ近づけたとしても、屋敷への侵入は不可能といっていい。

「荷物は四角いプラスティックの輸送ケースだ。大型。ロックされていないように見える」チーム・リーダーがいった。「あけるか？」

「やめろ。デッカーをそれに近づけないだけでいい」

　ダッチは壁一面にずらりと並ぶモニターをざっと見た。広さ千三百平方メートルの屋敷を取り囲む土地を監視するカメラのフィードが映し出されている。屋敷がとんでもなく大きいので、ダッチは、動くものを追尾し、ターゲットを捕捉するデジタルカメラを導入していた。最新のソフトウェアが全フィードを解析した。屋敷周辺の動きを示すフィードはなかった。

「〝ウォーハマー〟！　こちら〝ケベックロミオ・ワン〟。偵察チームから、パラシュートはダミーだと報告が入った！」

「もう一度たのむ」ダッチはいった。

「投下されたのはマネキンだ！」チーム・リーダーがいった。

「ああ、くそ！」ダッチは歯を食いしばったままいい、通用口のカメラをまたＳＵＶに戻した。

先導のサバーバンのうしろの地面に、ふたつの人影が手足を投げだして横たわっている。頭のまわりに血溜まりができていた。

59

デッカーは球状のC4についているタイマーの〝スタート〟ボタンを押し、すぐさまピアースの方へ全力で走った。ピアースは六メートル離れた家の裏の壁にぴたりとくっついていた。デッカーはピアースの横の地面に伏せて両耳を手でふさいだ。その瞬間、百十三グラムのプラスティック爆薬が起爆し、通用口の強化扉を跡形もなく消失させ、一瞬で車の防弾ガラスをこなごなにした。デッカーは耳から手を放し、濃さを増す煙霧をすかして炎上する残骸《ざんがい》に目を凝らした。

「やりすぎだったかもな」デッカーはいった。

「そう思うか?」ピアースがいった。

〝ウォーハマー〟がパティオかプールサイドに見張りを何人か残していることを想定して、ふたりはライフルをパティオのほうに向け、吹き飛んだ入口に向かって歩みをそろえて移動した。焼け焦げた穴に達すると、デッカーは煙の奥を見た。いや、見ようとした。

「なにも見えない」デッカーはいった。

「いいから行けよ」ピアースがいった。「あまり時間がない」

「待て」デッカーはいい、ベストからもうひとつラケットボール大のC４をとり出した。

「いったいどうする気だ?」

「〝ウォーハマー〟のオフィスはおそらくそう離れていない」デッカーは爆薬のタイマーをセットした。「そいつも助っ人のひとりだろ?」

「たしかに」ピアースはいい、くすぶる戸口の反対側で身を低くした。

デッカーはC４の球をサイドスローで暗がりへ投げこんでから、外に出て家の壁際に隠れた。一瞬のちに爆発し、戸口から衝撃波とともに噴出した火と破片が、もう一台のSUVに激しく降りかかった。

60

二度めの爆発が家を揺らしたあと、ジェイコブ・ハーコートはセーフルームに向かって歩きだした。すでにフリストは隠しドアのまえに立っている。ジョニーウォーカー青ラベルのボトルを持つ手が震えていた。

「ダッチ」ハーコートは無線機に呼びかけた。「そっちはいったいどうなっている？」返事はない。「くそっ、ダッチ。報告しろ」

「そろそろセーフルームに入らないか？」フリストがいった。

「私がどこへ行くと思っているんだ？　おつまみを用意しにキッチンへでも？」

「口の利き方に気をつけろ、ジェイコブ」上院議員がいった。「ここは安全だといったじゃないか」

「安全だ」ハーコートはうなるようにいい、無線機を緊急周波数に切り替えた。「全員に告ぐ。ジェイコブ・ハーコートだ。〝ウォーハマー〟と連絡が途絶えた」

「ミスター・ハーコート。こちら〝ケベックロミオ・ワン〟。ついさっきミスター・ギャラティと話しました。彼は爆発直前に全警備部隊を家に呼び戻しました。その後、連絡が途絶えていますが」

「どうして全警備部隊を呼び戻す？」

「パラシュートはデコイでした。マネキンでした」

「きみはどこにいる？」ハーコートはいった。

「ATV全車両が、家まで一分の距離にいます」彼がいった。「車に乗せられるだけ乗せました。三十人近くいます」

「それはよかった。私は上院議員とセーフルームに入る。部下を書斎に直行させろ。私はそこに落ち着きしだい、警察とFBIに通報――」

「それとシークレットサービスもだ！」フリストが割り込んだ。

「やめてください」ハーコートはいい、フリストにいらついた表情を向けた。

「まじめにいっているんだ」フリストがいった。

「書斎の安全を確保し、法執行機関の到着を待て」ハーコートは無線機で告げた。

「途中、デッカーかその仲間と鉢合わせしたら、殺傷力を行使してかまわない」

「やつらを殺せ！」フリストが大声でいった。

「姿を見たらすぐに殺せ」ハーコートはいい、偽装された生体認証パネルに片手を置いた。

「了解しました。数分でそちらに行きます」

ドアがかちりとひらき、自分がぎりぎり通れるすきまができたとたん、フリストはセーフルームの通路に入った。サクラ材のドア枠にスコッチのボトルが引っかかり、背後の硬材の床の離れたところに落ちた。上院議員が膝をついて伸ばした手がボトルにあたり、書斎へすべっていった。一瞬、フリストは這って追いかけるのではないかとハーコートは思った。

「酒ならセーフルームにもたくさんある」ハーコートはいい、ブレザーの襟を引っぱって上院議員を立たせた。「ドアをロックしたら別のボトルをあければいい。たしか十本はある」

「青ラベルはあるのか？」フリストがいい、書斎に目をやった。

「ない！」ハーコートはいった。ついに自制心が切れた。「その二十倍の値段のボトルならある！」

侮辱されたようすも見せず、フリストは目を見ひらき、急に足が動きはじめた。ふたりがなかに入り、戸口から離れたところに立つと、ハーコートは入口横の壁に取りつけられた非常ボタンを押した。一瞬ののち、壁からチタンの扉がするすると出てきて入口をふさいだ。それに続いてシューッという大きな音が聞こえた。

「いまのはなんだ?」フリストがいった。

「陽圧空調装置が作動した音だ。これで私たちを煙でいぶり出すことはできなくなるし、毒ガスなども使えなくなる。この部屋に気体を入れることはできない」

「では、どうやって呼吸するんだ?」

「ジェリー。この部屋の複雑なしくみをすべて説明する気はない」ハーコートはいった。「あえていうなら、この部屋は自給式で、爆薬でもびくともしない」

「どんなに大きな爆発でもか?」フリストがいった。「それに、聞いた話によると、それは〝複雑なしくみ〟とはいえないと思うが」

「それこそ私が敬愛するジェリー・フリストらしい弁だ」ハーコートは、フリストを落ち着かせようと少々ごまをすった。「家を丸ごと破壊せずにひと部屋だけ突破したい場合に使われる量の爆薬なら、ここの壁は耐える」

「デッカーはきみの家を破壊しても気にしないだろう」

「たしかに。だから保険をかけておいた。うちのちょっとした軍勢が到着するまで、デッカーを忙しくさせておけばいいだけだ」

からな」

「それが正しいことを願うよ」フリストがいった。「こんなところで死にたくはない

「では、私の旧友を紹介しよう」ハーコートはいうと、ステンレス鋼製の非常ボタンの横の壁に埋めこまれた画面に触れた。

部屋の反対側のサクラ材のパネルが横に動き、高級そうなボトルが何本も置いてある小さなスペースが現われた。ハーコートは手をのばし、購入してから二度しか味わっていないボトルをとり出した。たった六十八本製造されたうちの一本だ。パニックになって慌てふためいているこの男の気持ちをそらせられるなら、希少なウイスキーの二、三杯を犠牲にしても惜しくなかった。彼が口を閉じてくれるなら、ボトル丸ごとあきらめてもいい。

「バルヴェニーの四十六年物」ハーコートはいい、たいへん貴重な遺物のように両手でそっと持った。

「それは一本いくらだ?」

「約三万ドル」

「ほう、それはたしかに、ぜひとも懇意になりたい友人といえる」フリストがいった。

「ジェリー。月曜の採決がすめば、こういう友人との出会いも増えるだろう」ハーコ

ートはいった。「われわれはこれが終わるまで待つだけでいい。デッカーの始末はプロに任せよう」

61

デッカーとピアースは漂う灰のなかを走り、二度めの爆心地までやってきた。そのときの通路はどうにか通れる状態だった。プラスティック爆薬の瞬時完全爆発により、天井の一部が崩壊していた。焼け焦げて重なった材木や落下した化粧ボードの塊を押しのけたデッカーは、警備室を見つけた――通路からまばゆい部屋へと大量の血痕がつづいていたので、すぐにわかった。

デッカーは派手に割けたドアフレームの横でしゃがみ、なかをすばやくのぞいた。明滅するスクリーンが並ぶまえで、男がひとり、じっと動かずに床に倒れていた。右脚の膝下がなかった。切断部からどくどくと血が流れ出ている。ピアースがデッカーの横にやってきて、煙の充満した通路に銃を向けた。

「止血器をくれ」デッカーはいうと警備室にさっとはいった。

倒れている男は意識が戻ったらしく、身をよじって仰向けになり、デッカーのいるほうに拳銃を向けようとした。デッカーは男の手首をつかみ、ライフルの台尻を男のみぞおちにたたきつけた。拳銃が一度火を吹き、デッカーの頭上の天井に弾があたったあと、つかんでいた男の手がゆるみ、拳銃が床に落ちた。デッカーは拳銃を部屋の反対側へ蹴飛ばし、ライフルの銃口を男の頭にあてた。

「〝ウォーハマー〟か?」デッカーはいった。

傭兵はさげすみのまなざしで、ただにらみつけていた。

「止血器だ」ピアースはいい、プラスティックの器具を男の腹の上にほうった。

「今日はついてるな」デッカーは男にいい、後ずさりしてゆっくりと部屋から出た。

「おれたちが来ていることをハーコートと上院議員殿に必ず知らせてくれ。彼らはもうセーフルームに入ったんだろう?」

「あの部屋からは絶対にふたりを連れ出せない」男がいった。「突破は不可能だ」

「そこに入ってほしかったのさ」デッカーはいい、通路に出た。

ピアースが母屋へ続く短い階段のまえでかがんでいた。一段めの横の壁、下から六十センチあたりにフックをビス留めし、巻きつけたワイヤーの先端を結んでいる。

「急げ」ピアースがいい、来いと手で合図した。「脚が転がってるぞ」

デッカーは〝ウォーハマー〟のずたずたの脚をまたぎ、階段をあがった。戸口でかがみ、キッチンへ続く短い廊下にライフルを向ける。ピアースは階段の最上段に立ち、階段右側の化粧ボードの高いところにクレイモア地雷を押しこんだ。そのあと二、三秒を費やして、ぴんと延びたワイヤーを地雷の改造型起爆装置に接続した。

がむしゃらに階段をあがってきた最初の一団は、秒速千二百メートルで拡散する直径三ミリの鉄球七百個を浴びることになる。閉じた空間において近距離で喰らえば、その威力は恐ろしいほど破壊的であり、後続のチームが家に入るのをためらってくれたらいい。

「準備できたぞ」ピアースがいい、デッカーの肩をたたいた。「このあと行く場所は、ほんとうにわかっているんだな？　ここはバッキンガム宮殿より広いぞ」

「スティール上院議員が正確な地図を描いてくれている」

ふたりは贅沢《ぜいたく》な内装の部屋のまえをすばやく移動した。がらんとした屋敷にいるのは自分たちだけと確信していた。屋敷の〝肝〟にたどり着くと、デッカーはペースを緩めた。広い庭を一望できる三階の高さに窓がついた大ホールだ。ハーコートの書斎の入口は、この舞踏場のような広々した空間の反対側にあった。ひねくれた大物が二、三発発砲してからセーフルームへ引っこむ可能性も捨てきれない。デッカーとピアースはあたりにライフルを向け、大ホールの隅々に目を配りながら、寄せ木細工の床を慎重に進んだ。あいている書斎のドアまで来ると、横の窓から外を見た。遠くの木立のあいだでライトがせわしなく点滅している。

「ペースを速めないとな」顎で光のショーを示して、ピアースがささやいた。

「同感だ」デッカーはいい、ベストのポケットからスタン手榴弾《しゅりゅうだん》をとり出してピンを抜いた。

手榴弾を書斎に放り込み、ドアのそばで身をかがめると、一瞬ののち、室内に爆発的な光が満ちた。デッカーはその部屋にそっと入り、ターゲットを探しながら左へ進み、ピアースが部屋の反対側を探した。互いを信頼し、それぞれが担当区域を捜索した。何千時間もの訓練と実戦で培《つちか》ってきたとっさの動きだ。

「クリア」ふたりは同時にいった。

デッカーは右側のセーフルームの通路へ続く隠し扉へ向かった。スティール上院議員が、以前フリスト上院議員とこの屋敷に招かれたことがあり、そのとき案内したハーコートの説明をもとに、その扉のおよその位置をリーヴズ特別捜査官に伝えていた。その招待も、あの二匹のくそ野郎がスティール上院議員にしかけたペテンの一環だった。デッカーはその悪事を正してやるつもりだった――数分後に。

「おれはここにいなくてもいいようなら、外に出てあのすばらしいピアノをちょっと弾いてくるが」ピアースがいった。

「そう長くはかからない」デッカーはいい、携帯電話サイズのC４の塊をとり出した。

「そうか。まえからスタインウェイを弾いてみたかったんだ」ピアースは部屋の外へ足を踏みだした。

「正確にはスタインウェイD－２７４だ」隠しスピーカーから声が流れてきた。「この家に合わせた特注品だ」

「丁重に扱うよ」ピアースが大ホールから叫んだ。

「なにを気にしてるんだ？　五十万ドルのピアノを他人が触ることか？」デッカーはいった。「あるいはC４の塊か？」

「ピアノだ、ミスター・デッカー。妻への贈り物として購入したものだからな。妻はとても大切にしている。きみが手にしている爆薬では外側の扉を破壊するのがやっとだ」

デッカーは左脚につけたドロップポーチのスナップをはずし、四百五十グラムのC４の塊をとり出し、ハーコートに見えるように掲げた。「これならどうだ？」彼はいった。「デッカーと呼んでくれ」

ハーコートの声のうしろから、逆上している男の声が聞こえた。

ば多層チタンの箱だ」

デッカーは笑った。「壁をぶち抜かなくても目的は果たせるさ。そこの壁ぎわで四百五十グラムのC４を爆発させたらどうなるか、想像できるか？」

「文献は読んだことがある、ミスター……デッカー」ハーコートがいった。「私たちは無事だ。気にはなるが、それだけの話だ」

「床が崩れて、上から家屋全体が落ちてくる。おそらく出火するだろうが、おれも焼夷擲弾《しょういてきだん》を二、三個投げ入れて、火の手に加勢する。低温でじっくり焼いた南部風ＢＢＱほどうまいものはない、そうだろ、フリスト上院議員？」

返答もなく数秒が過ぎたので、セーフルームではフリストが精神的に参りつつあり、ハーコートも将来の展望について真剣に懸念しているのだろうとデッカーは推測した。刻々と過ぎゆく時間も、彼は意識していた。書斎の窓から見える点滅するライトとの距離が縮まっている。

「デッカー。大きな誤解があったようだ」ハーコートがいった。

「ほんとかよ？」デッカーは首を振った。「あんたがそんな卑屈な態度に出るとは思わなかったぜ」

「きみはひどい誤情報をつかまされてきたのだよ。おそらくロシア人か、私の商売敵《がたき》のだれかに。どんなものをつかまされたにしろ――」

「やめろ。黙れ。おれがここに来た理由をあんたは知っている。それは月曜の採決のことではない――もっとも、そんなものはひらかれない」デッカーは二個めのC４の塊をとり出した。

一瞬インターコムが入り、「どうして彼が採決のことを知ってるんだ？」とわめくフリストの声が聞こえたがすぐに切れた。デッカーがまさに望んだとおりに進んでいる。あと少し押せば折れる。デッカーは一個めのC４をデスクに置き、二個めを隠しカメラに向けて見せた。

「これひとつでチタンの壁は砕け、おまえらの身体はプルドポーク（豚肉をやわらかくなるまでゆっくり加熱した料理）みたいにずたずたになる。ようやく火が消えて、プラズマトーチで壁を焼き切ったとき、フリスト上院議員のほっくりほぐれた肉が出てきたら、ノースカロライナもその焼き加減にさぞ鼻を高くすることだろう」

「デッカー。きみは利口な男だ。いま六十人近い男たちがこっちに向かっている。きみは生きてここから出られない。いますぐ出ていくなら、彼らに攻撃させせないが」

鋭い破裂音が書斎に響き、少しのあいだ四方の壁ががたがたと鳴った。

「あれは通用口からはいってきた即応チームだ」デッカーはいった。「そのあとのチームが同じ入口を使うとは思えない。近距離でクレイモアが爆発した悲惨な光景を見たら、使うわけがない。ところで、〝ウォーハマー〟がよろしくとさ。実際には、よろしくとはいわなかったが。片脚を失くしたりで頭がいっぱいのようだった」

少ししてピアースが書斎に入ってくると、こぶし大の物体を床に放り、ドアを閉めた。

「スタインウェイは弾けなかった。おれのクレイモア傑作集をセットするのに時間を使い果たしたよ。感謝してもらいたいね」ピアースはそういうと、ベストのポケットからスマートフォン大のタッチスクリーン・コントローラーをとり出し、画面を見ていった。「はじめるぞ」

タッチスクリーン・コントローラーは、さっきピアースが床に放った手榴弾型カメラと無線接続されている。この卵形の耐衝撃装置は、自動で姿勢を調整し、三百六十度全方向を撮影できる操作性の高い暗視カメラだった。ピアースはコントローラーでズームして、フィードを見ることができる。

「おまえらふたりとも、生きてここから出さんぞ」すべての仮面をかなぐり捨てて、ハーコートはいった。「取り引きするならいまのうちだ。すぐ出ていけば、警備チームをさげる」

「おまえの三流部隊となら、戦ってみるのもいい」デッカーはいい、ピアースに顔を向けた。「書斎のドアをロックして、C４の準備を手伝ってくれ」

貴重な数秒が過ぎた。その間、ピアースはドアをロックし、デッカーはサクラ材の羽目板にさっきより小さなC４爆薬をしかけた。デッカーの見たところ、そこにセーフルームから出る通路がありそうだった。

「デッカー」ハーコートがいった。「こんなことをするのは心が痛むが、デスクのノートパソコンをひらいて、画面上のEメールにあるリンクをクリックしてくれるか」

「ユーチューブは見ないでおく」

「この動画は見たほうがいい」ハーコートはいった。「ハーロウ・マッケンジーと仲間たちは独自のチャンネルを運営している。見てみるべきだろう」

62

ジェイコブ・ハーコートは、壁に据えつけた五十インチ・ワイドスクリーンに映るデッカーを注視していた。ライブ配信を見たときのデッカーの反応を見たくてたまらなかった。家全体を崩壊させ、瓦礫《がれき》に埋もれたセーフルームで焼き殺すというデッカーの脅しが、いまはひどく現実的に思える。すべてはガンサー・ロスの保険対策にかかっている。準備は完了しているはずだ。

ハーコートの警備チームが、しかけ線《トリップワイヤー》に気をつけつつ、家のなかを慎重に移動している。ピアースが通用口の通路からかなり離れた場所にいるから、遠隔操作でクレイモア地雷を爆発させることはできない。さらに、書斎のドアが閉まっているから、ピアースがハーコートのスタインウェイをめでるふりをしながらしかけた爆薬を電気的に起爆させることもできない。ハーコートとしては、チームが書斎のドアを突破し、この手痛い騒動を終わらせるまで、デッカーとピアースの気を引いておくだけでいい。

「スクリーンに映せないか?」安くとも二千ドルはする希少なスコッチを震える手で握りしめ、フリストがいった。

ハーコートが膝に置いたタブレットを操作すると、画面がふたつに割れ、片側に書斎の静止画像、もう片側にハーロウ・マッケンジーの傷ついて血のにじむ顔が現われた。顔を横断するように銀色のダクトテープが貼られ、顎に乾いた血のすじが走っている。

「どうだ?」ハーコートはいって、フリストに腰をおろすよう合図した。

フリストははっきりしない表情でグラスを半分ほど空けてから、ハーコートの横の椅子にどさりと座った。「うまくいくといいが」フリストがいい、残りのスコッチを飲みほすと、バーに目をやった。

「これにけりがついたあとでボトル一本あければいい」ハーコートはいい、バルヴェニーをひとくち飲んだ。フリストの物欲しそうな目がそのグラスを見つめていた。

ハーコートは高級な香りのする革張りの椅子にゆったり座り、テレビ会議に接続した。

「ミスター・ロス。どれだけのものがテーブルに載っているか、わかっているな?」

ハーコートはいった。

カメラのズームが動き、マッケンジーの頭に拳銃を向けるマスク姿の人間が映った。うしろのほうで膝をついているのは、口元にダクトテープを貼られたマッケンジーの仲間たちだ。

「わかっています」ガンサーがいった。マスクで声がくぐもっている。「なんでもどうぞ」そういって、拳銃をマッケンジーのこめかみに押しあてた。

「デッカー。聞こえるか?」ハーコートはいった。

デッカーがぼんやりとコンピューターを見つめ、うなずいた。〝チェックメイト〟。

「コンピューターに向かって話せ」ハーコートはいった。「テレビ会議だ」

「声は聞こえるが、そっちの姿が見えない」

「私を見る必要はない。きみとミズ・マッケンジーに互いの姿が見えているなら、この会合は実りあるものになる」

「いったいどういうことだ?」デッカーはいった。

「よせよ、デッカー。わからないふりをするのは。かっきり十秒でこの部屋から出ていかないと、私の仲間がミズ・マッケンジーの脳をすぐ横の壁にぶちまける」

「彼女はこれとなんの関係もない」

「それはちがう。いまはこれと大いに関係がある。救えるのはきみだけだ」

「おまえが彼女をどうしようと、おれには関係ない」デッカーはいい、デスク上のC4をつかんだ。

「全員を殺してやるぞ、デッカー！」ハーコートはいった。「ハーロウ・マッケンジー。その仲間。まえにやったように、家族も容赦しない。聞いたか、ミスター・ロス？私になにかあれば、彼女たちの家系が絶えるまで手を止めるな！　デッカーの娘もだ。デッカーの両親も。全員残らず殺せ。やり切れ。どういうことか、わかってきたか、デッカー？　いますぐ立ち去れ、でないときみのせいで全員が死ぬ！」

「はったりは、聞けばわかる」デッカーがいった。まるで自信が感じられない。

ハーコートはテレビ会議に自分の声が入らないようにしてから、小型無線機のスイッチを入れ、即応チームを指揮していると思われるリーダーに連絡した。「そっちはどんなようすだ？」

「大ホールに来たところです」チーム・リーダーが小声でいった。「あと二分ください」

「一分やる」ハーコートはいった。「次に話すときは、私の書斎で顔を合わせ——死体ふたつを見下ろしているようにしろ。ドアを打ち破る準備が整ったら送信機のボタンを二度押せ。私が三度ボタンを押したら、ドアを破り、なかの人間を殺せ。オフィスを吹き飛ばさなくても、解決するチャンスがあるかもしれない」

「了解しました。ボタン以外は無線封止」

ハーコートはテレビ会議の音をもとに戻した。賭け金を上げるときだ。

「ミスター・ロス。キャスリーン・マーフィーを殺せ」ハーコートはいった。「いますぐ」

ガンサー・ロスが首を巡らし、女たちを見張っているマスクの男のひとりにうなずくと、男はキャスリーン・マーフィーの髪の毛をつかんで上半身をまえにぐいと引いた。別の男が現われて、ライフルを二度発砲した。その女は床にくずおれた。

デッカーはその殺害場面に反応しなかった。デスクの椅子にただ座り、負けを認めたような顔をして、いま目にしたことが理解できないかのようにスクリーンを見つめている。

「さて、キャスリーン・マーフィーのただひとりの姉ハンナが朝起きたら、裏庭の木からぶらさがる夫と三人の子供を見つけ、その直後に生きたまま皮をはがされ、自分のガレージの酸性薬剤入りの樽《たる》で溶かされる。想像してみろ。きみに関係する全員がそんな目に遭うのだ――ハーロウ・マッケンジー、彼女の仲間、ブラッド・ピアース。彼もリストに加えておいたよ。当然じゃないか？　私がどこまで手を広げると思う？」

ている」

「なにがわからないんだ？　早く決めろ。時間は進んでいる。あと十秒やる。そのあとミズ・マッケンジー以外の全員を殺す。彼女には、私の仲間が特別な待遇を用意している」

「わからない」デッカーがいった。

デッカーは首を振り、ハーロウ・マッケンジーのおびえた顔にふたたびズームしているスクリーンをいまも見つめている。チームがドアを破壊して書斎に入ってこなくてもよくなるかもしれない、とハーコートは思いはじめていた。デッカーはすっかり出し抜かれて意気消沈した表情を浮かべている。打ちのめされ――反応できないのだ。デッカーがようやく口をひらいたが、ハーコートは憐《あわ》れみさえ覚えた。

「ロシア人だと思っていた」デッカーがいい、顔をさすった。「とにかく――あいつらにちがいないと思っていた。ほかにだれが、あんなふうに家族まで殺害する？　おれには信じられない――なんであんなことをした？」

「きみはいまわかったのか？」ハーコートはいった。「なんということだ、デッカー。私はここでずっと、きみがコマとコマをつなぎ合わせてすでに答えを導き出したのではないかと不安に思っていた。なにしろ――大方の予想を裏切ってきみはメガン・スティールを見つけたくらいだ。彼女は三カ月まえに溶かされて下水管へ流されるはずだったという事実は別にして、きみは奇跡に近いことを成し遂げた。きみの凄腕は知っていたが、そこまでとは思っていなかった。感心した。骨が折れたよ」

「骨が折れた?」デッカーがいった。

「きみを含むきみのグループを丸ごと捨て去りたくはなかった。だが、結局のところ、あれだけすぐれたグループなら、いずれ私のやったことを嗅ぎつけるだろうと考えた。きみに罪を着せて破滅させるしかなかった――永久に」

小型無線機がかちかちと二度音をたてた。

「時間切れだ、デッカー」ハーコートは無線機をつかんでいった。「降伏しろ、そうすれば、殺すのはそこにいる観客だけにしてやる。私のチームがドアを破壊することになれば、一族全員を探し出して殺す約束を実行に移す。どれほど遠い親戚でもだ。その死は全部きみのせいだぞ」

「選択の余地はあまりないようだな」デッカーがいった。そして、片手に携帯電話、別の手になにかの装置を持っているピアースに視線を向けた。

デッカーがうなずくのを見て、なにかが変だとハーコートは思った。無線機から爆発音がとどろいたが、スクリーンに映っている情景は変わらない。続いて助けを求める声や必死の指示が無線機から流れてきたとき、ピアースがまったく無傷の書斎のドアへゆっくりと近づいた。

「あれは警告だ」デッカーはいった。「つぎは手加減しない。約束する」

「チーム・リーダー、そちらの状況は？」

「ドアを破壊しようとしていたとき、ホールの向こう側のクレイモアが爆発しました。チームの大半が負傷しましたが、命に別状はありません。撤退します。なにが待ち受けているかわからないので」

「ドアに戻れ。クレイモアが百個あるわけではない」

デッカーの声が割りこんだ。「正確にはあと三つだ。ドア付近で殺傷できる配置にしてある。部下を引き上げさせてやる。だが、ドアに戻るなら殺すしかない」

「いわれたとおりにしろ」ハーコートはいい、無線機のスイッチを切って、テーブルの酒のグラスの横に置いた。

デッカーはデスクについたまま、ネコのようにC４をなでている。今夜初めて、ハーコートは生きてここを出ることがあるのだろうかと真剣に思った。デッカーはとち狂ってしまった！

「いかれてやがる」フリストがいった。「あいつに大ホールのようすが丸見えじゃないか」

「黙ってろ」ハーコートはいい、フリストに険しい形相を向けた。「デッカー？　このあとどうなるかははっきりいったぞ」

「そうだな。これ以上ないくらいはっきりわかったさ――おれはな。ほかの人たちはどうかは知らないが。リーヴズ特別捜査官。ミスター・ハーコートにはっきりさせてもらいたいことはあるか？」

〝いまなんといった？〟カメラが左を向き、頭を剃りあげた黒人を映しだした。バッジを提示している。

「リーヴズ特別捜査管理官だ」その男がいった。「スティール事件に関して、司法省と非常に興味深い協議の場を設定するに足るものを見聞きしたと思う」

「どうなっているんだ？」フリストがいった。「ロスはどこにいる？」

カメラが〝ロス〟に向いた。その男が頭から目出し帽を引き抜くと、ハーコートが見たこともない顔が現われた。

「おまえは何者だ？」ハーコートはいった。

「今日、あんたが殺そうとしたコンピュータおたくだよ、兄弟《ブロウ》」彼はサーファー言葉でいった。

二十代の若者の背後で拍手が起きた。死んだはずのマーフィーが起きあがり、カメラに向かっておじぎした。

「デッカー。なにが起きているかは知らないが、ゲームは終わった。いま、きみは死刑執行令状にまとめて署名したのだ。ロスなど必要ない。その仕事を請け負う人員はほかにもいる。きみが最初のドアを突破するころには、ふたつのグループにその仕事に取りかからせる。後戻りはできんぞ」

「そろそろ時間だ」ピアースがいった。

「おれたちを追討する軍勢がいるそうだ」デッカーがいった。「あなたの時間が短くなって申し訳ない、上院議員。このふたりになにか質問はありますか？」

まさか、上院議員というのは――

「いいえ。あいにく、必要なことはすべて聞きました」マーガレット・スティールがいった。「〝逆らう者に災いの火を降らせ、熱風を送り、燃える硫黄をその杯に注がれる〟」

「マーガレット」フリストがいった。「これは仕組まれたんだ。ハーコートにここに連れてこられた。どうなっているのか私にはさっぱりわからない！」

スピーカーは静かなままだった。

「マーガレット？」フリストがすがるように呼びかけた。「マーガレット？」

カメラは、淡々とした表情でゆっくりと首を振りながらスクリーンを見つめるハーロウに焦点を合わせた。

「きつい日々が来そうね、フリスト上院議員」ハーロウがいった。「ジェイコブ・ハーコートのために、あなたが長年手を染めてきた汚い行為のリストを頭のなかで作っておいたほうがいい。アメリカ検察局でガンサー・ロスと対決するときに役立つかもしれない」

「ロスと対決？　なんの話だ？」フリストがいった。「なぜ私がそんな目に遭う？」

「これまで聞いてきたところでは」ハーロウがいった。「司法取引はひとりにしか許されない」

「おまえがそんなことをいったばかりに、知り合いは全員殺されることになったぞ」ハーコートはいった。「おまえらみんな、もう死んでいる」

「そう？　じゃ、がんばって」ハーロウはいい、スクリーンに向かって顎を引いた。「わたしがしないことはしちゃだめよ、デッカー。無傷のあなたに会いたいから」

テレビ会議の画面が消えると、デッカーはＣ４をつかんでデスクから立ち上がった。ハーコートは申しひらきをする覚悟でセーフルームと書斎間のインターコムのスイッチを再度いれたが、デッカーは立ち上がるとすぐにデスクの引き出しをあけ、そこにC4を置いた。その引き出しに二個めのC4を滑りこませて、閉じた。

「こんなものは必要なさそうだな。スティール上院議員に聖書を引用されちゃあな」

デッカーはそういうと、ライフルを隠しカメラに向けた。「ひとつだけわからないのは、あんたたちのどっちがユダになるかだ。おれの勘では上院議員殿だな」

一度の発砲でテレビ画像は消えた。

「デッカー！」ハーコートはいった。「デッカー！」

二度めの発砲で音声が切れた。

「いったいどうなってるんだ？」フリストがいった。「これは現実じゃない。な？」

ハーコートはばかげた質問を無視して、テーブルからスコッチのグラスを持ちあげた。むろん現実だ。自分たちの運は尽きた。というより、抹殺された。罪状認否手続きまで長生きしたとしても、残りの人生を監獄で送る運命だ。

「私たちのどちらがユダか、とはどういう意味なのだろう？」フリストがいった。

まろやかなハチミツとバニラの香りに驚嘆しながら、ハーコートはたっぷりと酒を飲んだ。「ここに来ることをマーガレットに話したか？」

「まさか話すものか！」フリストはいい、ハーコートの酒に目をやった。

「だれに話した？」ハーコートはいい、残りのスコッチを飲みほした。

しをハーコートに向けた。

「私にも飲ませてくれんか」フリストがいい、使い走りの少年でも見るようなまなざ
　ハーコートはグラスをテーブルに戻すと、脚の側面に沿って手をおろし、ウールのズボンのすその折り返しを持ちあげて、隠してあった足首のホルスターから小型拳銃を抜いた。そのまま身体の動きを止めずに拳銃をフリストの額に向けて引き金をしぼり、その顔から愚鈍《ぐどん》な表情をようやく消し去った。

「すぐにはじめよう」ハーコートはいい、深々と椅子に座った。

　自分の頭も吹き飛ばそうか、とつかのま考えたが、すぐにその案を捨てた。小国を丸ごと買えるほどのカネがある——そこを防衛する軍隊はいうまでもない。ジェイコブ・ハーコートはそう簡単に廃業に追いこめないのだ。

63

デッカーは、書斎のドア横の壁に身体を押しつけているピアースのもとへ走った。

「どう思う？」デッカーはいい、ピアースの横でかがんだ。

「おれは傷ついたよ」ピアースがいった。「ハーロウはおれのことをまるで忘れていた」

「勝手に傷ついてろ」デッカーはいった。「おれたちの逃走プランは？　修正が必要か？」

「いや。現在のところ、この家の入口は一カ所だけで、傭兵たちはみんなそこへ向かっている。見てみろ」ピアースはいい、窓を顎で示した。「それと大ホールの周囲に負傷者が十人以上いる」

デッカーは慎重に身を隠して窓の外をのぞいた。パティオからあふれた小隊規模の黒い人影が通用口のほうに移動している。どこまでも広がっているように見えるパテイオの向こうで、四人乗りATV六台が芝生に駐まっていて、抑えがたい魅力を放っている。

「ATVは確認したな？」

「ああ」ピアースがいった。「だから、急にフットボール場十個分を走ってここから逃げたくなくなった」

「爆薬をセットしろ。彼らを大ホールに集めてから移動しよう」

「了解」ピアースはいい、C4の小さな塊をとり出した。「ここの窓はこれで間に合うと思うか？」

「必要ならデスクの引き出しにもっとあるぞ」

「やっぱりここを根こそぎ破壊したほうがいいと思うがな」

「信じてくれ」デッカーはいった。「おれだって、あのくそ野郎ふたりを生き埋めにして、その上から家を焼き落としてやりたい――だが、これも取り決めだ」

一分後、窓に爆薬をセットしてライトを消し、ふたりはひっくり返したハーコートのデスクのうしろで暗いなかじっと待っていた。ピアースが大ホールで動きがないか携帯用モニターで確認する一方、デッカーはハーコートがばかなことを考えたときのために、隠し部屋のドアにライフルを向けていた。

「大ホール周辺が動きはじめたぞ」

「窓から出るぞ」デッカーはいった。

ピアースはデスクの天板の陰に隠れ、ベストの肩のストラップに取りつけた携帯用《パーソナ》位置指示無線標識《ル・ロケーター・ビーコン》を作動させた。一秒後に大ホールが爆発し、彼らのまえの分厚い木の板にガラス片や木片がばらばらと飛んできて、ふたりが隠れているところ以外、部屋の大部分をずたずたにした。

ピアースがぼろぼろになったデスクの端からまえをのぞいた。「準備ＯＫだ」

床から天井まで張り巡らせた窓ガラスと壁の半分が、きれいさっぱりなくなっていた。

「あれで十分だろう」デッカーはいった。

「第二ラウンドに進むぞ」ピアースはいい、デジタル起爆装置の周波数を切り替えた。

「スタインウェイだろうな」

「スタインウェイだ」ピアースが起爆ボタンを三回押した。

不思議に反響した爆発のせいで、書斎のドアががたがたと鳴った。その爆発でハーコートの警備部隊の残りが書斎に近づかなければいいが、とデッカーは思った。ふたりは焼け焦げた窓枠へすばやく移動すると、窓敷居を乗り越えて、パティオの東端に隣接する三メートル下の花壇の堆肥めがけて飛び降りた。

パティオの大部分を囲っている腰の高さの石壁のおかげで、家から姿を見られずにATVまでたどり着けた。これだけの破壊と混乱に包まれているわりに、家は妙に静かだった。ハーコートの警備隊はついに、もうたくさんだと思ったのかもしれない。デッカーは壁の上からライフルのスコープ越しに、警備員はいないかと車道一帯を見渡し、ピアースはキーが刺さったままのATVを探した。

通用口からふたつの人影が走り出て、いちばん近いSUVの陰に身を隠した。

デッカーがボンネットをサイトでとらえ、彼らの頭が出たら撃てるように準備した。そのとき、左肩側の壁の上端に一発の銃弾がめり込み、石片を浴びた。デッカーは書斎の窓にサイトを向けたが、標的は見つけられなかった。二発めが頭のすぐ上の空気を切り裂き、ATVのどれかをたたいた。SUVの陰にいた警備員がフルオートマチックで撃ちはじめ、デッカーは壁ぎわにうずくまるしかなかった。

「おれの乗り物はどうなってる？」デッカーは大声でいった。

「やつら、キーを持っていきやがった！」身を低くしてATVのあいだを動きながら、ピアースがいった。

「気をつけろ！　スナイパーがいるぞ！　狙撃位置がわからない」

ピアースがそばのＡＴＶの陰を這い進んだ瞬間、一発の銃弾がタイヤを撃ち抜いた。「警告をありがとよ！」ピアースが声を上げた。「屋上だ。東の煙突」

デッカーは壁沿いに一、二メートル移動してスナイパーの視界からはずれ、ライフルをそろそろと上に向けた。煙突上端が高度戦闘光学照準器《ACOG》の光る十字線と重なる。ほんの少し身体を起こし、トリガーを何度もしぼり、煙突の基部をめがけて弾倉の半分の銃弾を撃ち込んだ。スナイパーに命中したかどうか確認せずにＳＵＶのうしろに移動し、残りの十五発も撃った。

　弾倉をすばやく交換してから、さっきまでいた壁のところまで戻り、煙突を見あげると、黒い人影が屋根を転がって、書斎に近い地面に落ちた。

「キーがついているのが一台あった！」ピアースが声を上げた。

デッカーはさっき人影が隠れたＳＵＶに五秒間連射し、二個めの弾倉を空にした。ボンネットに派手な風穴があき、防弾フロントガラスに弾が降り注いだ。背後でＡＴＶのエンジンがかかったので、最後に数発撃ってからその場を離れ、ピアースを探した。助手席に飛びこんでライフルに弾倉を交換している横で、ピアースが思いきりアクセルを踏んだ。ＡＴＶが苦しげな声を出しつつ前進した。

「どうした？」デッカーはいった。

「前輪の一個が被弾したらしい。キーがついていたのはこれだけだ」

「ちょっと停めろ。ほかのＡＴＶを動けなくする」

うしろに残してきた手足とはらわたの山から、ほかの車のキーが見つかることはないだろうが、危険は冒したくない。彼らの乗るＡＴＶはいま、かろうじてゴルフカートよりは速い。発砲してＡＴＶ全車の少なくとも二本のタイヤをパンクさせてから、敷地の南東端に近い池まで、苦痛を感じるほどののろのろしたドライブを再開した。

64

　ピアースがATVのエンジンを切ると同時に、飛行機の安定したエンジン音が空き地に押し寄せた。デッカーはATVを飛びおりて、屋敷のほうをふりかえった。林の奥で明るいヘッドライトが上下動した。ATVで走ってきた道は、百メートルほど手前でかなり細くなっているから、サバーバンは空き地までまっすぐ走ってこられない。とはいえ、連中がそこまで近づくまえに、この場を離れたかった。林の百メートルなど、忍耐強いスナイパーにとってはないも同然の距離だ。

「荷物はおれに任せろ」ピアースがいった。「おまえはバーニーに連絡しろ。ぐずぐずしていられない」

　デッカーは衛星電話をとり出して、上空を旋回しているパイロットを呼び出しながら、ピアースのあとから空き地の中央にあるペリカンケースへ近づいた。

「どっちが運転してたんだ？　うちのお袋のほうがまだ速いぞ」バーニーが電話でい

った。

「文句ならピアースにいってくれ」デッカーはいった。

「どんな感じだ？」パイロットがいった。

デッカーはまたうしろのヘッドライトに目をやった。「三十秒後に拾ってくれ」

「やけに急ぐんだな」早くも特大木箱の留め金をはずしながらピアースはいった。

「くそ、デッカー！　もっと早く連絡しろよ」バーニーはいった。「ぎりぎりだぞ」

「新しい友人が大勢できたのさ」

「だろうな。だいたい三十秒でそこへ行く。これは専用機じゃないからな」

「あとでな」デッカーはいい、電話をポケットにしまった。

ピアースが木箱をあけ、ふたりで中身を外に出した。バーニーは組み立てる必要がないといっていたが、約束どおりだった。バーニーのフルトン回収システム地上パックには、パラコードで大きなスーツケース大の袋とつながっている三人用ハーネスがはいっていた。いちばん難しいのは、二十秒以内にハーネスの構造を理解することだろう。あとはバーニーしだいだった。

デッカーは二本のケムライトを折って点灯させ、ハーネスの横の地面に落とし、バーニーがデザインを改良していたことがわかってほっとした。デッカーとピアースは

わせてから、肩のストラップを両腕にかけた。接近してくるC－123のエンジン音を聞きながら、ウエスト部分から順に上へと留め金を留めてストラップを締めていった。どちらか一方のハーネスのストラップが一本でもはずれたら、ふたりにとって大惨事になりかねない。

通常は互いのハーネスを点検し合うのだが、いまはそんな時間はなかった。多数のヘッドライトが動きを止め、木々のあいだから幾筋もの光線が空き地へ差しこみ、回収が差し迫っている。ふたりは地面に腰をおろした。ピアースはナイロンの袋の側面についた黄色い曳索《えいさく》を引いた。ヘリウムを圧縮して詰めたボトルを作動させてSUV大の気球をふくらませるためだ。ほぼ一瞬にしてヘリウムでふくらんだ気球は空へあがった。その下でストロボライトが点滅している。

気球とハーネスとをつなぐパラコードを伸ばしながら気球が上昇していき、百二十メートルほどの空旅を終えると、ハーネスが強く引っ張られた。

「ここからが大嫌いなんだ」デッカーはいった。

「最初から最後まで大嫌いだ」ピアースもいった。

C－123の巨大な黒い影が空き地の東端上空に現われたかと思うと、数秒後に真上を通過し、その上の気球のストロボライトが見えなくなった。機体がパラコードをとらえた次の瞬間、彼らはいきなり引っぱられて地面から浮き、なめらかに空き地上空へ昇っていった。さらに数秒間、ロケットのように上昇し、飛行機が十分な高度に達すると、今度は横向きに引っぱられた。地上から三十メートルの高さで飛行機の後方に落ち着くまでの過程は驚くほど穏やかだった。ハーコート邸の明かりがあっというまに遠方へ消えると、搭乗員たちはふたりをウインチで巻きあげにかかった。

スピンしはじめたふたりは両腕と両脚を広げて、真っ暗ななかで時速二百キロの飛行を安定させ、飛行機の尾部の下にあるランプにじりじりと近づいていった。C－123の後方を〝飛び〟はじめて五分が過ぎたころ、ランプの先端にたどり着いたふたりを、搭乗員がなかへ引っぱりあげた。ランプが閉じると、飛行機は大きく右にバンクして、この大きさの飛行機の通常高度まで上昇した。

水平飛行に入ると、デッカーとピアースはフルトンのハーネスをはずし、貨物区画のベンチに腰かけて二、三分、ぼんやりと宙を見つめていた。デッカーは肉体的というより精神的な疲労を感じた。ハーコートとフリストをあそこに残すという約束は、これまででいちばんきつかった。あのふたりは彼の妻と息子を死に追いやり、ほかにも数え切れない人たちを殺させた張本人だ。彼らを社会の掟《おきて》に——またはハーロウがいったように〝オオカミ〟に――まかせるのは、彼には受け入れがたかった。

「考えこんでいるのか？」

デッカーは肩をすくめた。「いや。ぼうっとしてた」

「ぼうっとする権利をもってるやつがいるとしたら、おまえだ」

「かもな」

「かもじゃない」ピアースがいった。「おまえがいなかったら、あのふたりはいまもゴジラみたいに歩きまわって、か弱い人々を踏みつぶしているだろう」

「どうかな」デッカーはいったが、漆黒の闇に螺旋を描いて堕《お》ちていくように感じていた。

貨物区画のインターコムの声が、デッカーの物思いに割りこんだ。

「おれに礼はないのか？」バーニーがいった。「デルタ航空の乗客みたいにそんなとこに座りやがって？　早くこっちに来いよ」

デッカーはコクピットへ続くあけ放ったドアのところで声を上げた。「副操縦士を雇ったらどうだ！　おれはくたくたで動けない」

「副操縦士といったか？」バーニーはインターコムを使っていった。「おまえのくせえケツをひっぱりあげる副操縦士を雇う余裕はない」

機付長《きづきちょう》がやれやれと首を振った。「バーニーは嘘ばっかりよ。この人は操縦桿を絶対に譲らない。絶対に。バーニーの過去にも未来にも副操縦士なんていいたためしがない」

「聞こえたぞ！」バーニーがいった。「インターコムをつけたんだ、遠隔で作動できて――」

「ええ。知ってる」機付長が割り込んだ。「五カ月まえ。月曜の午後に」

「ほんとに？　みんな知ってんの？」

「あたしたちがいつも後部でじっとしてると思ってたの？」

「とにかく、いまはもうおれに反旗をひるがえす気はないんだろう」

「そうね。まえは飛んでいるあいだじゅう、そのことばかり考えてたけど。飛行機で唯一のパイロットに対する計略を練ってた」

デッカーは笑い声をあげた。「ちなみに、おれはカネ払いのいい顧客だ。いつでも副操縦士を雇えるぞ。料金のあとの半額は、ノートパソコンを使えるようになったらすぐに送金する」

「その半額はおれのおごりだ」バーニーがいった。「あんたが戻ってきて嬉しいよ、デッカー」

「おれは戻らない。これは一度きりの仕事だ」

「戻るって。でないと手間賃として二倍請求する」

「おれたちは戻ったんだ」ピアースはいった。

デッカーは信じられないというまなざしでピアースを見た。「おれは戻らない」デッカーはいった。

「おれたちは戻ったといったんだ。もっといい考えがあるならべつだが」ピアースはいった。「急がなくていい。また顧客を集めるにはしばらくかかるしな」

デッカーは笑った。「下種なCEOと悪徳上院議員をやっつける仕事の需要は多くないぞ」

「わが社の経営理念《ミッション・ステートメント》が決まったらしいな」ピアースはいった。

「そういう会社に投資しよう」バーニーがいった。

「どうだか」デッカーはいった。ふと遠くに思いを馳《は》せた。「どうだかな」

65

アナポリス・シティドックそばのホテルからセントメアリー墓地まで、スマートフォンでは徒歩二キロになっているが、八十キロのように感じられる。それほど遠く感じたのは、真夏のアナポリスのうだるような暑さのせいかもしれないし、そこへ行く心の準備をするのに丸一日かかったせいかもしれない。

昨日、デッカーはその二キロを歩くつもりでいたのに、どうしてもホテルを出る気になれなかった。部屋で夕食をすませ、一時間近くハーロウと話して、そのときは気分が上向いたものの、朝になったらまた鬱《ふさ》いでいた。ハーロウのことはとても好きだったが、いまの彼には少々荷が重かった。午前が過ぎ、そしてまた部屋でひとりきりの昼食を済ませたあと、やっとホテルを出る決心がついた。墓地へ向かう途中、タクシーに乗ってくればよかったと思った。

ウエストゲイト・サークルまで来ると、アナポリス国立墓地を取り囲む古い石壁越しに、整然と並んだ白い墓石が見えた。ロータリーの外縁をまわり、そのままウエスト・ストリートを歩くうちに、きれいに引かれた白線が消え、樹木や灌木、そして点々と置いてある古めかしい墓石に変わった。歴史あるブルーワーヒル墓地だ。

そのまま歩き続け、ウエスト・ストリートの南側に建つ住宅の裏の墓石がかいま見えると、足を止めて何度か深呼吸した。ふたたび歩きだし、錬鉄の出入り口の門まで来て、ようやく、塀のすぐ内側にぽつんと生えている木の陰で立ち止まった。で、どうする？　確実にわかっているのは、彼らがこの墓地に埋葬されたことだ。デッカーは葬儀の参列を許してもらえなかった。

墓地の向こう側で、黒のサバーバンがスパ・ロード沿いの車両出入り口をふさぐように停車した。数秒後、背後に車の音がしたので振り向くと、また別の黒のＳＵＶと向き合う。彼はそろそろと後ずさりし、一メートルほど墓地に入った。せめて妻と息子が眠る土地で死にたい。ＳＵＶはさらに前進してきて、黒のタウンカーのためにスペースを作った。それを見て彼はまごついた。二日まえにあんなことが明るみに出たのだから、ハーコートが人前に出るはずはない。

後部座席のウインドウがあき、この日曜の午後には見るとは思いも寄らなかった顔が現われた。

「ごいっしょしてもいいかしら?」マーガレット・スティールがいった。

「場所がわからないんだ」

「案内します」そういうと、色とりどりのヒナギクの大きな花束をかかえて、スティールが車からおりてきた。

その瞬間、デッカーは花を持ってこなかったことを後悔した。それが表情に出たにちがいない。

「ふたつ持ってきたの」スティールが花束をふたつに分けた。

「おれが来ることをどうして知っている?」

「つけたのよ」

「ほんとか?」

「まさか」スティールがいった。「ミスター・ピアースから、あなたがここへ来ると聞いたの。人を雇ってホテルを見張らせていたけど」

「今日も来られなかったかもしれないのに」

「いくらでも待つつもりだった」彼女がいった。涙を流している。「あなたが来られないようにして、心から申し訳ないと思っています。そんなことをする権利はわたしになかったのに」

「しかたなかったんだ。こっちこそ、力が及ばずに娘さんを救えなくてすまなかった」

「あなたは精一杯やってくれたわ」

「あのときのことを頭のなかで何千回と巻き戻した」

「ライアン——そう呼んでいいかしら?」

デッカーはうなずいた。

「ライアン。娘は拉致されたときに死んだのよ。ほかの人たちだって? わたしがあなたを雇うと決めたときに死んだ。彼らはあなたに娘を探し出せるとは思っていなかった。だから、あなたが見つけたときに——」

「そういうことを考えると頭がくらくらする」

「これからよくなるといえたらいいのだけれど」スティールが腕を差しだした。「行きましょうか?」

妻と息子の名前が刻まれた格調高い墓石へと、デッカーは連れていかれた。

「どうぞごゆっくり」スティールはいい、自分の花束を持ってその場を離れた。

「ありがとう」デッカーはいい、墓石のまえの草地に膝をついた。

墓石の前に置かれた古い花束の横に花を置いた——そして目を閉じ、最後にふたりに会ったときのことを鮮明に思い出した。この二年でその光景の大部分が薄れてしまい、脳裏からすっかり消えてしまうのではないかと恐れていた。デッカーは思いきり泣いた。ふたりが殺されたと知ってからはじめて。

泣きやんで袖で目をぬぐい、左にちらりと目をやると、スティール上院議員がほんの一列向こうの墓石の前に跪《ひざまず》いて祈っていた。デッカーは自分の手にキスし、その手で眼のまえの墓石に触れてから立ち上がり、議員のほうへ歩いていった。彼女のまえの墓石に刻まれた名を見て、彼も膝をつき、また泣いた。

デイヴィッド・トーマス・スティール
メガン・マーガレット・スティール

マーガレット・スティールはデッカーが泣きやむまで抱きしめ、その後、脚のふらつく彼に手を貸して立たせた。デッカーはふたたび目をぬぐい、一度深々と息をした。

「だいじょうぶ?」スティールはいった。

「十分前よりは気分はよくなった」デッカーはかすれた声でいった。「家族にまた会えてよかった。そういえば、わかるかな」

「痛いくらいわかるわ」スティールはいい、デッカーに優しいまなざしを向けた。

「だから、急《せ》かして帰らせるようなことはしたくない」

「いまのところはもう充分だと思う。二、三日ここでぶらぶらして、あちこち見てまわるつもりだ」デッカーは家族が眠る区画を見やってから、スティールに視線を戻した。「花が置いてあった。おれの代わりに墓参りしてくれて、ありがとう。あんたが思っている以上に、おれには大きな意味がある」

「わたしたちの家族のことをいろいろ考えている」スティールはいった。「ホテルまで送らせてもらえる？　話したいことがある。金曜の夜からかなり真剣に考えていることが」

「少し歩きたい」デッカーはいった。「思い出深い街だから。ホテルへ帰れば、また閉じこもるだろうから」

「それは大いに疑問だけれど、気持ちはわかるわ。車へ戻るまで、お話ししてもいい？」

「もちろん」デッカーはいった。そこまでしつこくいわれて、興味をそそられていた。

「わたしは遠まわしに話すタイプじゃないから、手の内を明かして、あなたの第一印象を聞くことにする。いっておくと、今日は〝ノー〟は受けつけない。じっくり考えてもらいたいの」

　そう聞いて、ますます興味が湧いた。

「ハーコートのことは運が良かった」スティールがいった。

「運が良かった?」

「ジェラルド・フリストと共同で提出していた法案は取り下げた」スティールはいった。「どうやら彼は、あなたが逃げたあとの救出劇の混乱のさなかに、ハーコートの警備員に誤って撃たれたらしい。たまたまではないような気がするけれど」

「家の下敷きにしておけばよかった」デッカーはいった。「頼むから、あの男は拘留されているといってくれ」

「あいにく、ハーコートは姿を消してしまった」

「で、おれに探し出せと」

「まだよ」スティールはいった。「わたしがいいたいのは、あなたが阻止していなければ、ハーコートはこのプラエトルの計画を実行していただろうということ」

「なにがいいたいのかわからない」

「イージス・グローバルは、世にあふれている合法ビジネスを装った犯罪組織のひとつにすぎない。ソルンツェフスカヤ・ブラトヴァや麻薬カルテルのように、装いさえしない組織もある。これだけの規模の既知の脅威や新しい脅威に対処するには、運を良くするだけではまともな戦略とはいえない。それら脅威の正体を暴き、最終的にその心臓に短刀を突き刺すために、わたしに力を貸してくれる人を探している」

「ミスター・ピアースとおれにだって、一週間で麻薬カルテル問題を解決するのは無理だ」デッカーはいった。「買いかぶりすぎだ」

スティールは笑った。「わたしには、思う存分使える莫大《ばくだい》な個人資産がある。官民、国内外を問わず、かなりの人脈もある。それに、ワールド・リカバリー・グループにいたころには夢でしか見られなかった情報にアクセスすることもできる。わたしに欠けているのは、こうした資産を使って人類に対する脅威に立ち向かう、心から信頼できる有能な仲間だけ」

「新ビジネスに誘われているような気がするんだが」

「副業といった方がいいかも」スティールはいった。「絶対に直接わたしにつながることのない仕事」

「おれには本業すらない。それに、おれの収監について、やたら目立つ問題が残っている」

「どちらも、わたしがなんとかする」

墓地のゲートまで来たとき、スティールは焼けつくような日差しからわずかでも逃れようと、デッカーを日陰に引きこんだ。

「さて。いまの話に興味は湧いた？」

「今日はノーと言えないいんじゃないのか」

「気を引きたかっただけよ」スティールはいった。「イエスかノーで。第一印象は」

「イエス。ハーコートとけりをつけられるなら」

　彼女は首を横に振った。「それは無理ね。ハーコートが再度脅威にならないかぎり、彼の始末は現行制度にまかせるつもり。脅威になるとは思えないけど。数日もすれば、地球でいちばんのお尋ね者のひとりになり、資産はすべて凍結される。そうなれば、イージス・グローバルはすぐに消失する。わたしが確実にそうする」

　デッカーは自分の足元をしばらく見つめたあと、ひとつ息をした。「それでいい――いまは」

「これ以上あなたを引き止めるつもりはない」スティールはいった。「急いで取りかかるつもりはないから、あなたが新会社の土台を建てはじめるころに連絡する」

「今回はもう少し控えめな規模にするかもしれない」

「悪くないわね」スティールはいった。「それまでにわたしにできることがあれば、遠慮なく連絡して。私用の番号を送るわ」

「ありがとう」

スティール上院議員が離れていき、乗ってきた車にほとんどたどり着いたとき、デッカーはすぐにでも頼みたいことを思いついた。

「スティール上院議員！」デッカーはいい、スティールの方に歩いていった。

ボディガードたちがとっさに反応し、デッカーのまえに立ちはだかった。

「いいのよ」スティールはいい、手を振って彼らをどかせた。

「頼みたいことがある。おれにとってはとても大切なことだ」

「なんなりとどうぞ、ライアン」スティールはいった。「やれるかぎりのことをするわ」

「もう二年以上、娘のライリーと話をしていない」デッカーはいった。「あの子は母と弟が死んだのはおれのせいだと思ってる。ヘメットですべてが失敗に終わってから、娘からなんの音沙汰もない。妻の姉がおれに娘を会わせないようにしている。新聞記事や検察官がいったことを考えると、それも無理はない。そういったことを魔法のようにぱっと元に戻す方法などないのはわかっているが、訪ねてきた上院議員の口からじかに真実を聞けば、状況は変わるかもしれない。無茶なお願いなのはわかっている」

「喜んで」スティールはいった。「どうやったらいいか考えてみます。心配しないで。娘さんへの連絡方法を教えてもらえれば」

「娘の居場所を知る人物を紹介する」デッカーはいった。「そうだ。それと関係してもうひとつ」

「全身を耳にして聞いているわ」スティールはいった。車のドアをあけたまま立っている。

「刑務所局とのあいだの問題が片づくまでは、民間機でロサンゼルスへ行っていいものかどうかわからないんだ」

「LA？」

「そこでやり残したことがある。上院議員が構想している事業のパートナー候補に会う」

「ハーロウ・マッケンジーの会社？」

「そうだ。彼女が娘を保護してくれている」

「いつの便で戻りたいか知らせてくれれば、わたしが手配する。忘れずにミズ・マッケンジーの私用電話番号を教えて。じかにお礼をいいたいの」

「ついでに仕事の依頼も？」

「それはあなたにまかせる」スティールはいった。「お帰りなさい、ライアン。三日前は、こんなことをいうなんて思ってもいなかった」

「おれも」デッカーはいった。「いまになってやっと、帰ってきてよかったと思いはじめたよ」

謝辞

ここからが最大の難関だ。私が書くどの本にも多くの人々が関わっている。程度の差はあれ――そうした関与や協力がなければ完成しなかっただろう。

まず感謝したいのは、十年近くも私の本を読んできてくれた読者の皆様だ。あなたがたがいなければ、妻は五年前にアルバイトを辞めさせてくれなかっただろう。ほんとうの話だ。皆様がたが続けて本を読み、ご支援くださったおかげだ。

トーマス&マーサーの人々に感謝する。本書制作過程を通して左脳タイプのスティーヴを中心に進めるようはからってくれた。簡単にできることではない！

グレイシー・ドイルに特別な感謝を。私の型破りの概要を読んでそれを渡したメイガ・パレクが、ライアン・デッカー・シリーズを認め、計画を進めてくれたのだ！「計画を進めてくれた」というのは、まさに彼女が登場人物と物語とシリーズに心血を注いでくれたという意味である。メイガの編集方針は洞察に満ちた素晴らしいものだったとしかいいようがなかった。トーマス&マーサーへの感謝は、いつも作家を歓迎し、楽しい雰囲気を作ってくれたセアラ・ショウへの挨拶なしには完了しないだろう!

私の三冊を担当したトーマス&マーサーの啓発的な編集者デイヴィッド・ダウニングに感謝する。原稿の全体像についていろいろ話しあうのはいつも楽しかった。重大な課題についていまのところ意見の相違はなかったと思う! きみに手加減しすぎたのかもしれないな。つねにつぎの小説がある。

マシュー・フィッシモンズに感謝する。草稿の読者として完璧だった。非の打ち所がないといってくれた!(だといいが)九回の土壇場で選手交代してよかった。まったく違ったものになった。ハーロウはきみに一杯借りができた。

忘れてならないのは(月並みな言い方なのはわかってるよ、デイヴィッド!」)私の妻への感謝だ。この仕事をはじめてからずっと、物語と登場人物を創造する目安をくれた。私の本の最初の読者として、数えきれないほど悪循環から私を救ってくれた。妻がいなければ本書はまったくべつの本になっていただろう。その揺るぎない支えに。

多作・多彩な作家

寳村信二（書評家）

本書は元海兵隊員で、人質救出を専門とする民間組織、ワールド・リカバリー・グループ（WRG）を創設したライアン・デッカーを主人公とするシリーズの第一作である（二〇一九年刊行）。

著者のスティーヴン・コンコリー（https://stevenkonkoly.com/）は米国海軍兵学校を一九九三年に卒業後、八年間の軍隊生活を送り、二〇一〇年に*The Jakarta Pandemic*で作家デビューを果たしている。『救出』は（著者のホームページに拠《よ》れば）十九作目の長編にあたり、コンコリーの作品では初めての邦訳となる。

マーガレット・スティール上院議員の娘、メガンが誘拐され、救出依頼を受けたWRGは事件に人身売買に手を染めているロシアの犯罪組織、ソルンツェフスカヤ・ブラトヴァが関わっていることを突き止める。

メガンを含む子供たちがブラトヴァの所有する隠れ家に監禁されている情報を入手したWRGは急襲チームを差し向けるものの、突入と同時に隠れ家は爆破されて作戦は失敗し、チームと子供たちの命が失われてしまう。そして救出作戦の指揮を執《と》っていたデッカーはFBIに逮捕され、その失敗の責任を問われて投獄される。

二年後、WRGが収集した証拠を基《もと》にブラトヴァの幹部、ヴィクトル・ペンキンを訴追する裁判が突然閉廷となり、証言するはずだったデッカーも自由の身となる。刑務所内で何度も命を狙われたことから、これも組織が刺客を送り込む前触れだと身構えるデッカーの前に、私立探偵のハーロウ・マッケンジーが現われる。

ハーロウはデッカーに、十三年前、人身売買の犠牲者になりかけたところをWRGによって救われたと語り、彼女とその優秀なパートナーたちの活躍で窮地を脱したデッカーは、傍受した通信内容から襲撃者たちがロシア人ではなかったことを知る。

背後を探るべくハーロウの協力を得てペンキンを拉致して尋問すると、メガンをブラトヴァに引き渡した別の組織の存在が明らかになる。

事件当時の状況からして、WRG内部にFBIへ情報を流していた者がいたとデッカーは推理していたが、ハーロウは主要メンバーだったブラッド・ピアースが当局との司法取引を行なって行方を晦《くら》ました可能性があると指摘する。

ピアースは、かつて話していたコロラド州の寂れた街に潜んでいる――そう見当をつけたデッカーは、現地へ向かうが……。


デッカーはFBIから訴追されただけでなく、ブラトヴァによるWRG関係者への報復によって妻と息子を殺害され、生き延びた娘は義理の姉に引き取られて音信不通、という設定となっている。デッカーを支えているのは、敵に一矢報いるという思いに加えて、娘に会いたいという父親としての強い願いである。

そして、もう一人の主人公と呼ぶにふさわしいのは、出所したばかりで徒手空拳のデッカーを支援するハーロウだ。彼女が志を同じくするパートナーたちと築き上げた、人身売買の撲滅に取り組むネットワークが重要な役割を果たしていることは一「読」瞭然である。メンバーたちはそれぞれが情報収集や攪乱《かくらん》工作などの専門家であり、人身売買組織と関わってしまった過去を持ち、デッカーの「剛」（戦闘能力）に対して「柔」の分野で縦横無尽の活躍を見せる。

また、このネットワークには調査員や弁護士だけでなく、サイバー・IT技術を駆使する機密情報隔離《SCIF》チームが含まれているという設定も現代のアクション・スリラーにふさわしく、チームが探し出す貴重な情報のおかげでデッカーは二年前の事件の真相を求めて米国西部を駆け巡ることが可能となるという展開も活きてくる。

一方で、彼を陥れた組織の正体は物語の前半で徐々に明かされていくが、デッカーとハーロウが資金も人員も豊富な相手に対して一歩も譲らず、互角に渡り合う展開は読み応えがあり、著者の腕前が遺憾なく披露されている。

本書はさらに、デッカーとハーロウだけでなく、デッカーを追うFBIのジョーゼフ・リーヴズ、ハーロウを捕えるべく画策するガンサー・ロスの視点も取り入れて描かれ、冒頭の緊迫感溢《あふ》れる突入作戦から釈放後の襲撃へと息つく間もなく続き、デッカーの反撃が始まると更にテンポは加速され、そのまま一気に結末へとなだれ込む。

少し話は横道に反れるが、ホームページの著作リストを見ると、コンコリーはこれまでに大きく分けて二つの流れの作品を描いている。

一つは、核兵器や生物兵器、あるいは政治的な混乱によって秩序が崩壊した世界で生き延びようとする人々を描いた、*Perseid Collapse*、*Fractured State*、*Zulu Virus Chronicles* と題されたシリーズ群。

もう一つが、陸軍の極秘プログラムで育成された潜入工作員が米国は勿論《もちろん》、世界各地で活動する*Black Flagged*六部作、デッカーを主人公とする四部作、そして二〇二三年に完結したばかりの、監視の専門家であるデヴィン・グレイが国際的な陰謀に巻き込まれる三部作の、謀略スリラー群である。

面白いのは、*Black Flagged*シリーズの登場人物たちが*Zulu Virus Chronicles*（二作目及び三作目）やデッカーのシリーズ（四作目の*Skystorm*）、そしてグレイのシリーズには一作目から顔を出している設定で、さながらマーベル・シネマティック・ユニバースの様相を呈している。

そのことを頭に入れて本書を読むと、上巻の十ページに出てくる「人づてでしか連絡できない、〝激しい妨害が予想される資産奪還〟に特化した外部組織」にも*Black Flagged*の面々が関わっているのでは、と妄想が膨らんでくる。

筆者はコンコリーの謀略スリラー作品を何作か読んだが、いずれも章が短くまとめられて物語は勢い良く進み、読む側としては必要以上に気を揉むことがない。

さらなる魅力が、設定の多彩さである。

主人公も、これまで潜入工作員（*Black Flagged*シリーズ）、海兵隊出身で高い戦闘能力を誇るデッカー、そして最新のシリーズではＦＢＩの監視部門で腕を磨き、どちらかと言うと荒事が得意ではないデヴィン・グレイ、と各々異なっており、読者へのサービスも怠りない。

コンコリーは二〇二三年にデヴィン・グレイの三部作を終えたばかりだが、次にどんな主人公が活躍する小説を描いてくれるのか、今から楽しみだ。


最後に、デッカーを主人公とした四部作について一言。

実は、このシリーズは一作目から四作目まで、お互いに繋《つな》がっており、二作目 *The Raid* も『救出』の事件に関連した物語となっている。

物語は、税関・国境警備局《CBP》の局員二人がメキシコとの国境地帯で行方不明となる場面から幕を開ける。現場は、米軍が管理する立入禁止区域の中で、そこにCBPの車両が乗り捨てられ、更には国境の向こう、麻薬カルテルが支配するメキシコ側では広範囲に地面が陥没していた。

事件をCBPではなく、軍が調査を行なっていることに不審を抱いた政府関係者は、ハーロウのネットワークの一員となったデッカーに極秘の調査を依頼する。

旅行者を装ってメキシコへ渡り、陥没の原因を探ろうとするデッカーがそこで見たものは……といった内容であるが、麻薬カルテルが暗躍する国境の両国側を主人公が駆け巡り、銃撃戦が繰り広げられる物語が展開している。

シリーズの二作目として、本作に劣らず魅力的な作品に仕上がっているので、是非邦訳されることを期待したい。

著作リスト

Perseid Collapse シリーズ
The Jakarta Pandemic／二〇一〇年
The Perseid Collapse／二〇一三年
Event Horizon／二〇一四年
Point of Crisis／二〇一四年
Dispatches／二〇一五年

Black Flagged シリーズ
Alpha／二〇一一年
Redux／二〇一二年
Apex／二〇一二年

Vektor／二〇一三年
Omega／二〇一七年
Covenant／二〇一八年（短編、*Omega* の前日譚《ぜんじつたん》）
Inception／二〇一八年（短編、*Alpha* の前日譚）
Vindicta／二〇二二年

***Fractured State* シリーズ**
Fractured State／二〇一六年
Rogue State／二〇一七年

***Zulu Virus Chronicles* シリーズ**
Hot Zone／二〇一七年
Kill Box／二〇一七年
Fire Storm／二〇一八年

〈ライアン・デッカー〉シリーズ

The Rescue／二〇一九年／『救出』／本書
The Raid／二〇一九年
The Mountain／二〇二〇年
Skystorm／二〇二一年
〈デヴィン・グレイ〉シリーズ
Deep Sleep／二〇二二年
Coming Dawn／二〇二二年
Wide Awake／二〇二三年

この他に『パインズ――美しい地獄――』（ブレイク・クラウチ作、早川書房）シリーズの後日譚となる*Genesis*（二〇一八年）がある。

（二〇二三年十月）

◉訳者紹介　**熊谷千寿**（くまがい・ちとし）
1968年宮城県生まれ。東京外国語大学卒業。英米文学翻訳家。ランキン『偽りの果実　警部補マルコム・フォックス』、ポロック『悪魔はいつもそこに』(以上、新潮社)、ビバリー『東の果て、夜へ』、イデ『IQ』『IQ2』、カー『ターミナル・リスト』(以上、早川書房)、アッカーマン＆スタヴリディス『2034　米中戦争』(二見書房)、ルッソ＆デゼンホール『最高の敵　冷戦最後のふたりのスパイ』、マン＆ガーディナー『ヒート2』(以上、ハーパーコリンズ・ジャパン)など、訳書多数。

救出（下）

発行日　2023年12月10日　初版第1刷発行

著　者　スティーヴン・コンコリー
訳　者　熊谷千寿

発行者　小池英彦
発行所　株式会社 扶桑社
〒105-8070
東京都港区芝浦1-1-1　浜松町ビルディング
電話　03-6368-8870(編集)
　　　03-6368-8891(郵便室)
www.fusosha.co.jp

印刷・製本　図書印刷株式会社

定価はカバーに表示してあります。

ISBN 978-4-594-09255-9　C0197